tredition®

www.tredition.de

AF214721

Wolfram Morgenroth

Cooltours

Verlag und Druck:
tredition GmbH, Halenreie 40-44, 22359 Hamburg

ISBN
Paperback: 978-3-347-30841-1
Hardcover: 978-3-347-30842-8
e-Book: 978-3-347-30843-5

Cool Tours

Hartschalenkoffer und andere Hindernisse

Die steigenden Temperaturen am Busbahnhof, an dem er mit den anderen gewartet hatte, die wachsende Ungeduld der Leute, die nach und nach Grüppchen für Sardinien, Korsika, Kroatien oder Nordspanien gebildet hatten, all dies hatte Felix in eine Art Taumel versetzt, den er mit kleinen, zusammengekniffenen Augen zu beherrschen versuchte. In einer Fastfood-Kette waren Sportuhren im Sonderspezial-Sommerangebot. Wasserdicht bis zehn Meter Tiefe, stoßsicher, Alarm. Alles dran, alles blau. Dann hatte es in seinem Magen rumort und er war auf das Bahnhofsklo geflüchtet. Sein Gepäck hatte er währenddessen einem jungen Pärchen der Korsika-Gruppe anvertraut, deren Namen groß auf ihren T-Shirts standen, Tina und Fred. Das klang fast wie dieses Schnulzensängerpärchen, Cindy und Bert, hatte Felix überlegt. Friedrich eigentlich, hatte Fred ihm mitgeteilt, aber seit einigen Jahren habe sich Fred eingebürgert.

- „Na klasse", hatte Tina das Warten quittiert, „das fängt ja super an. SU–PA–Ur-laub!", hatte sie mit dem Kopf wackelnd skandiert, während ihr Freund schuldbewusst auf seinen Füßen balanciert hatte.

- „Komm", hatte Felix gesagt, „wir hören mal woran es liegt", und dann hatten sie bei der Reisegesellschaft angerufen und erfahren, dass der Bus mindestens drei weitere Stunden Verspätung haben würde.

- „Immerhin wissen wir es jetzt", hatte Felix versöhnlich gemeint, war aber froh, dass Fred Tina mit dieser Nachricht alleine unter die Augen treten musste.

Als der Bus, ein modern wirkender Doppeldecker, am frühen Abend endlich kam, empfingen ihn Pfiffe, aber auch fröhliche Rufe. Drei Jungs und Mädels von der Reiseleitung kamen heraus und warnten die Teilnehmer:

Wer mehr als 25 Kilo habe, könne die gleich wieder nach Hause bringen: alles rammelvoll. Es entstand erhebliches Gedränge, weil einige nun hektische Handyanrufe starteten und Zeug aus ihren Taschen zerrten, um es im Bus auf den Schoß zu nehmen. Felix wunderte sich, dass etliche der Jugendlichen Hartschalenkoffer mitnahmen.

- „Für das Zeltleben wohl nicht so ganz geeignet", sagte er zu einem Mädchen in schwarzer Lederjacke, und die sagte:

- „Wieso, ich bin im Campingwagen."

Die Reiseleiterin, eine unscheinbare Blonde mit kleiner runder Nickelbrille, die ihr einen intellektuellen oder vielleicht auch nur einen verschlafenen Anstrich gab, hatte ein Papier in der Hand und erteilte leise Anordnungen. Sie verlas Namen, jeder Genannte durfte abladen und in den Bus einsteigen.

- „Aber nur, wenn ihr nicht zu viel Gepäck habt und nur nach oben. Unten ist für die Cool Tours-Reiseleitung besetzt, nicht, Biggi?", kam einer, der mit Felix und den anderen am Bahnhof rumgestanden hatte und der sich durch eine Art Cowboyhut auszeichnete, ihr zu Hilfe. Felix wurde nach oben geschoben, wo es gerade hoch genug zum gebückten Gehen, aber zu niedrig zum Stehen war.

Tina und Fred hatten es sich nicht nur in den Sitzen vor Felix gemütlich gemacht, sondern bereits eine gewisse Anhänglichkeit an ihn entwickelt, als sei es ihnen schon jetzt zu anstrengend, weitere Leute kennen zu lernen. Neben ihm nahm ein Mädchen Platz, das ebenso alleine zu sein schien wie Felix. Sie hatte Pickel und ein altmodisches Etwas an, das er als geblümte Bluse zu bezeichnen nicht übel Lust hatte. Er verfluchte sein Pech. Nie kamen schöne Frauen neben ihn zu sitzen! Schräg vorne zum Beispiel saß eine sehr junge mit einem himbeerfarbenen T-Shirt, dessen Stoff von ihrem großen Busen in Spannung gehalten wurde, warum konnte es zum Beispiel nicht die sein? Seine Sitznachbarin war eine Deutschrussin, wie sich herausstellte, farblos und scheu. Jedes Wort musste Felix ihr einzeln aus der Nase ziehen. Vielleicht lasse ich es beim Austausch von Basisinformation bewenden, wir haben uns eh nicht viel zu sagen, dachte Felix. Hinter ihm wiederum saß ein unentwegt redender, hypermotorischer Junge mit seinem Freund. Beide waren dünn und schienen in erster Linie aus Frisur zu bestehen - asymmetrische Undercuts an den Seiten und vorne Haartollen, die durch automatisierte, ruckartige Kopfbewegungen immer wieder sowohl in Position gebracht als auch in Szene gesetzt wurden. Beide Jungs waren vierzehn, erzählten sie.

- „Vierzehn?", fragte Felix, „wieso dürft ihr denn alleine los?"

- „Nulli Problemi, im Camp gibts Erzieher", entgegnete der Junge, und drängte ihm seine Hand auf. Ich bin der Mika und das da ist der doofe Tobias, der Doofbias."

- „Ich heiße Felix."

- „Darf ich Papa zu dir sagen?"

Der Lautsprecher rauschte und eine unsichere Stimme sagte:

- „Hallo, also ich bin's wieder. Die Biggi? Ich bring euch heute Nacht nur bis zum Hafen? Dort oder vielleicht auch in den Bussen, die wir heute Nacht noch treffen, werden auch einige Teamer dabei sein. Das sind die Jungs und Mädels, die euch in euren Camps betreuen werden. Wir sind leider total verspätet, weil wir an einem Treffpunkt bei Hannover so lange warten mussten? Heute Nacht, nee, heute Morgen gibts hinter Mailand noch mal einen solchen Treffpunkt mit anderen Bussen. Da müssen einige von euch raus in den andern Bus, und zwar die, die nach Sizilien und Sardinien wollen, und dafür kommen andere rein, die auch nach Korsika wollen. Also: Macht euch also nach dem Stopp nicht breit, es kommen neue Leute dazu ... oder? ... Sven?."

- „Hallo!"

– Knacken im Lautsprecher -

- Haaallo, sorry, hallo ! Ich bin der Sven. Kann allerdings sein, dass ihr es seid, die in einen anderen Bus müsst. Kommt ganz auf die Zahlen an und auf die Anweisungen aus der Zentrale in Berlin. Egal, das sehen wir dann ja. Fühlt euch wohl. O.k., oben ist es ein bisschen stickig. Rauchen is nich', wir machen ja zwischendurch ein paar Pausen, da könnt ihr raus."

- „Da fühlt man sich in guten Händen", witzelte Felix in Richtung seiner Sitznachbarin, die keine Miene verzog. Ein stechender Schmerz in der Darmgegend machte ihn plötzlich auf seine Verdauungsprobleme aufmerksam. Die Kurvenfahrerei des Busses in der Stadt hatte ihm nicht gutgetan. Ihm wurde übel, ihm war schon seit einer Viertelstunde übel, immer schon übel gewesen. Sein ganzes Leben war eine einzige Übelkeit, die sich auf diesen Moment in diesem Bus zuspitzte. Die nächste Toilette musste gefunden werden. Er hatte sie unten am Treppenaufgang gesehen – unangenehm, aber möglich, war sein Fazit gewesen. Nach unten würde er es immer schaffen, Toilettenpapier hatte er dabei. Schlimm nur, wenn er die ganze Nacht auf ein Klo angewiesen sein würde. Kaum waren sie aus Köln draußen und auf der Autobahn, stand Felix auf und ging gebückt die Stufen hinunter. Der stechende Drang nahm zu. Die Toilettentür war mittlerweile offen, innen standen einige Taschen und Koffer, das Waschbecken war knochentrocken, die Tür ließ sich nicht schließen. Ein bisschen Panik kam bei Felix auf. Er stürzte nach vorne, wo, großzügig auf den Bänken verteilt, sechs Leute ruhten, die der Reiseleitung angehörten oder so taten als ob. Biggi, die mit der Nickelbrille, schaute etwas verschlafen zum Fenster hinaus, als Felix sie ansprach:

- „Hallo! Du ... Biggi, kann man die Toilette hier nicht benutzen?"

Sie schaute ihn entgeistert an.

- „Hab ich doch gerade eben durch den Lautsprecher gesagt: Das stinkt viel zu sehr, und Wasser ist auch keins da. Wir halten heute Nacht zweimal an, dann gibts jedes Mal zehn Minuten Pinkel- und Zigarettenpause.

Seine Gedärme machten eine verzweifelte peristaltische Bewegung, die ihm zunächst das Wort raubte. Dann presste er folgenden Satz heraus:

- „... ich hab aber jetzt leider bösen, bösen Durchfall - das schaff ich auf keinen Fall!"

- „Du, wir haben jetzt an die fünf Stunden Verspätung, wir können nicht gleich nach Abfahrt schon ne Pause machen. In ein oder zwei Stunden halten wir auf einem Rastplatz!"

Das war der Moment, in dem sein gesamtes Leben an ihm vorüberzog. Die Erinnerung an einen Klassenausflug, bei dem er auf der Rückfahrt dringend hätte pinkeln müssen und unter Aufbietung aller Kräfte bis zum Busbahnhof durchgehalten hatte. Hatte sich nicht gelohnt, wochenlang danach hatte er beim geringsten Bedürfnis, beim leisesten Gedanken losrennen müssen, selbst nachts. Aber jetzt war er zwanzig Jahre älter, solchem Zwang würde er sich nicht noch einmal aussetzen. Er spürte, wie er rot wurde und wie er laute, unfreundliche Worte, die er sich vor wenigen Minuten noch nicht zugetraut hätte, herausprudelte:

- „Geht nicht! Also, hier gibt es genau zwei Möglichkeiten: Entweder der Bus hält schleunigst irgendwo an damit ich kacken kann, oder ich kack euch notgedrungen irgendwo hier in den Bus!"

Diese Sätze führten zu Veränderungen. Biggis verschlafene kleine Augen wandten sich ihm nun mit etwas zu, was bei ihr wohl als „Aufmerksamkeit" zu bezeichnen war. Auch die umliegenden Sessel gerieten in Unruhe. Felix unterstrich seine Situation mit einer gekrümmten Körperhaltung. Dies und seine Unbeweglichkeit machten deutlich, dass er den Ort des Niederkommens im Bus bereits kannte.

Minuten später war das Fahrzeug auf einen Rastplatz eingeschwenkt., Biggi hatte das Geschehen durchs Mikro eingeleitet mit: „Wir halten ganz kurz – ein Notfall!" und dabei keine Miene verzogen. Das hatte Felix Mut und Kraft gegeben. Dann hatten die Türen gezischt und Felix war ohne Rücksicht auf seine unantastbare Menschenwürde hinausgeflitzt, im Hintergrund klang ein heiteres Lachen, das ihm gegolten haben könnte.

Die Erleichterung war so groß, dass ihm erst bei der Rückkehr der Gedanke kam, dass Cool Tours vielleicht ohne ihn weitergefahren war. Wäre nicht das erste Mal in der Geschichte der Menschheit, dass man sich eines kranken Passagiers schnöde entledigt hätte. Dennoch wollte er nicht wieder rennen. Nach dem Sprint auf die Toilette war ihm mehr als sonst daran gelegen, gemessenen Schrittes und erhobenen Hauptes zurückzukehren. Aber der Bus stand noch da, rauchend davor ein paar Leute. Einer identifizierte ihn als den ‚Notfall, der da komme', und lächelte ihn freundlich an. Sicher brauche er Medizin, er habe was gegen Durchfall dabei, heiße übrigens Michael und würde ihm die Arznei raussuchen.

- „Felix", sagte Felix.

- „Die ist richtig gut, aber so sehr ich sie auch über den grünen Klo lebe", sagte Michael, so wichtig ist es, dass du sie drei Tage lang nimmst. Keine Sorge, ich hab genug dabei."

Felix bedankte sich bei ihm und dann bei Biggi und dem Cool-Tours-Team, bevor er wieder nach oben stieg und zwischen den engen und heißen Sitzen Platz nahm neben der Deutschrussin, der er erklärte, was alles geschehen war, und die das freundlich, aber ohne große Anteilnahme zur Kenntnis nahm. Tina und Fred, das Pärchen vor ihm, kuschelten sich aneinander und mucksten sich nicht, das Mädchen im himbeerfarbenen T-Shirt schaute Felix dann und wann nett an, stritt aber vor allem fröhlich mit anderen um Sinn und Zweck einer Vorabendserie im Fernsehen. Andere wollten Karten spielen. Wieder andere, im hinteren Teil des Busses, wo auch Michael saß, drehten an einem Kassettenrekorder herum. Wortfetzen in denen „geiler Sound" und „übler Lärm" eine Rolle spielten, wehten herüber.

- He! Du da! Ja du, rief Mika plötzlich übermütig nach vorne, „du mit dem roten Top und den großen Titten. Sag mal, wie alt bist du?"

Das Mädchen drehte sich verlegen um. Ihr Gesicht war rot geworden, ziemlich anders rot als ihr T-Shirt, dachte Felix. Die einsetzende Stille machte klar, dass viele zugehört hatten und gespannt waren, was jetzt kommen würde. Sie nuschelte etwas von blöder Anmache und halber Portion, es ging hin und her, bis Mika, kleinlaut geworden, etwas Entschuldigendes sagte und sie vernehmlich „siebzehn" hören ließ.

- „Zu jung für dich", rief der wieder gut gelaunte Mika und klapste Felix mit der flachen Hand auf den Kopf.

Felix musste kichern und erwiderte „zu alt für dich". Mika bestand darauf, zu erfahren, ob sie einen Freund habe und wo sie den denn gelassen habe. Das gehe ihn gar nichts an, hieß es.

- „Glaub ich dir nicht, dass du einen hast", sagte er.

Felix gestand sich ein, dass diese Frage ihn ebenfalls beschäftigt hatte. Er war achtunddreißig Jahre alt und stellte sich die körperlichen Vorzüge einer siebzehnjährigen vor? Das war bedenklich! Nicht deswegen, weil es unmöglich war, sich zu Jüngeren hingezogen zu fühlen. Seine letzte Freundin war zehn Jahre jünger als er gewesen. Aber sie hatten ähnlichen Lebenswelten angehört. Diese hier hätte schon seine Tochter sein können. Und es gab noch etwas anderes: In der Zeit, in der er selbst siebzehn gewesen war, war er völlig unfähig gewesen, Frauen anzusprechen. Nun hatte er an sich gearbeitet, hatte an Selbstbewusstsein und Selbstsicherheit hinzugewonnen und so sprach eigentlich grundsätzlich nichts dagegen, in einem Alter, in dem der Urin langsam einen stechenderen Geruch annahm und in dem erste graue Bartstoppeln ihm hämisch guten Morgen sagten, etwas nachzuholen von dem er früher zu wenig bekommen hatte. Und doch war es falsch. Nicht nur, dass es süchtig machen konnte, sich immer wieder auf diese Art beweisen zu wollen. Nein, es war so, dass er die Niederlagen vergangener Jahre so einfach nicht wettmachen konnte. Viele dieser Erinnerungen stiegen nun in ihm hoch, und sorgten dafür, dass er kleine, abwehrende Laute ausstieß. Zwar waren ihm Sex, Begierde und Zärtlichkeit ebenso wichtig wie jedem hier im Bus, aber die Kunst der Verführung bedeutete ihm nicht sonderlich viel. Er gestand sich ein, dass dies daran lag, dass seine Angst vor dem Scheitern stets größer gewesen war als die Erwartung eines Erfolges. Dieser versprach zwar Befriedigung, aber war das nicht eine eher nach außen gerichtete Befriedigung? War es nicht die Eitelkeit eines Menschen, der sich, dem Objekt seiner Begierde und allen teilnehmenden Zuschauern wieder einmal seine Unwiderstehlichkeit bewiesen hatte? Nein, das wollte er nicht nur nicht, er brauchte es auch gar nicht. Hier erst wurde ihm bewusst, dass er sich kaum verändert hatte. Er wollte eigentlich kein Eroberer in diesem Sinn sein. Er wäre lieber der Entdeckte gewesen. Wäre es nach ihm gegangen, dann bestünden die Beziehungen zum anderen Geschlecht aus freundlichen, sehr weiblichen, ziemlich mütterlichen Wesen, die auf ihn zugingen. Wenn die Jugendliche, die in diesem Augenblick ein paar Reihen vor ihm saß, so gewesen wäre, dann hätte er das immer noch unangemessen gefunden, zugleich aber auch toll. Nur waren die Wahrscheinlichkeiten dafür früher, als er ein Gleichaltriger von Siebzehnjährigen war, klein. Heute waren sie gleich Null. Nein, sie waren negativ. Er hätte sich kümmern müssen. Das konnte er zwar - väterlich sein, beschützen und sich kümmern - aber das war doch was ziemlich anderes als Sex. Oder hatte sich das bereits geändert, ohne dass er es gemerkt und sein Selbstbild korrigiert hatte? Es war doch völlig normal, als siebzehnjähriger eher mütterliche Weiblichkeit zu suchen, während er jetzt, in seinem Alter, viel partnerschaftlicher oder auch viel väterlicher hatte sein können, hätte sein müssen? Und es vielleicht auch längst schon war? Wie es auch war, für diese Reise musste eine Grenze gezogen werden. Angesichts des niedrigen Durchschnittsalters der Reisegesellschaft beschloss er, sein Limit bei 25 ansetzen. Damit waren rund Drei Viertel der Mitreisenden „draußen".

Seine Nachbarin war mit seltsam nach vorne geneigtem Kopf eingeschlafen. Bei Felix begann ein unbestimmtes Dahindämmern. Anders als im Flugzeug, wo er aus solchen Zuständen stets mit einem Ruck und der gruseligen Gewissheit erwachte, dass unter ihm viele Kilometer kalter und dünner Luft lagen, hatte er hier keine Angst vor dem Einschlafen. Kein Wunder, dachte er, die stickige Hitze hier beschützt einen, wiegt einen in Sicherheit, dachte er, und dann träumte er ein wenig von seiner Exfreundin, vom Wort „Lebensabschnittspartner", und erinnerte sich an ihre bestimmte Art, mit der sie ihm das Ende ihrer Beziehung verkündet hatte und ihm gleichzeitig vorgeworfen hatte, schuld daran zu sein. Jetzt ist sie weg, träumte er, und ich bin wieder allein, allein, und dann schreckte er hoch, weil irgendjemand den Kassettenrekorder mit diesem Lied der Phantastischen Vier aufgedreht hatte. Ärgerlich drehte er sich zu Mika um und fauchte:

- „Sag mal, gehts noch? Gib endlich mal Ruhe, sonst …!"

- „Sonst was?"

- „Sonst … passiert was!"

- „Passiert was! Passiert was!? Was passiert?", wurde er nachgeäfft.

- „Dann, dann … !"

- „Steckst du dann deinen Lulli in meinen Popo?"

Felix lachte unfreiwillig los und drohte dann damit, Mika gleich was ganz anderes in den Popo zu stecken. Und fand sich dann damit ab, dass er wohl von Mikas Geräuschkulisse in den Schlaf hinein begleitet werden würde.

Plötzlich, Stunden später, war Felix noch einmal aufgeschreckt, war förmlich hochgefahren, weil der Fahrer scharf auf die Bremse getreten sein musste. Er wusste gleich, dass etwas passiert war. Das Fahrzeug wich scharf nach rechts aus und fuhr auf der Standspur der Autobahn an einem PKW vorbei, dessen schwerer Campinganhänger umgestürzt neben ihm lag, schon losgelöst von seiner Zugmaschine. Ein weiterer PKW war in die Leitplanke gerast und hing halb aufgerissen in ihr. Die Lautsprecher gingen an:

- „Wer hat ein Handy, wer weiß, welche Nummer wir hier in der Schweiz wählen müssen", fragte der Beifahrer. Zwischen den dunklen Sitzen brach ein wenig Unruhe aus. Der Bus hatte auf dem Seitenstreifen Halt gemacht, der Beifahrer des Busses lief hinaus, brüllte zuvor von unten über die Treppe hoch in den Innenraum hinein, dass keiner mir den Bus verlässt, lief dann zu dem umgestürzten Fahrzeug zurück, und schaute hinein.

- „Hier is was los", grölte einer der Teenies, die die ganze Nacht über im Hintergrund geredet hatten. Felix lief der Schweiß über die Stirn. Es war sofort noch stickiger geworden hier oben. Trotz des Schreckens waren seine Augen schwer vor Schlaf. Seine Sitznachbarin hatte nur einmal kurz um sich geschaut und schien wieder zu schlafen. Erkennen konnte man nicht viel. Ein Mann zog zusammen mit zwei anderen an einer dunklen Silhouette. Im Bus rätselte man, ob sich die noch bewege. Plötzlich blitzte ein Fotoapparat.

- „Du Arschloch", rief eine, „von so was macht man doch keine Bilder".

- „Is eh zu weit weg: Sieht bestimmt aus wie Blair Witch Project im Wald oder so n Gruselfilm. Uaaah!" antwortete es stimmbrüchig.

- „Du bist voll krank", sagte jemand, „da sind Menschen drin! Verstehst du? Menschen! Soll ich dich mal zusammenschlagen und dich dann ablichten?"

Ein anderer meinte, vielleicht habe der starke Wind den Anhänger instabil gemacht. Wer sich da nicht auskenne, trete auf die Bremse, und schon flöge ihm der Anhänger um die Ohren. Es hat keinen Wert, dachte Felix, und wartete, ob seine Augen wieder zufallen würden. Es war die Hitze, die sie offenhielt. Wie kann ich hier einschlafen, dachte er, wenn zwanzig Meter neben mir vielleicht Menschen im Sterben liegen. Nein, es war egal, er tat ja nichts um ihnen zu helfen, konnte nichts tun. Da ist es eine größere Missachtung, zu glotzen und eine geringere, einzuschlafen. Er schaute auf die ruhige, vor sich hin nickende Nachbarin. Ein Krankenwagen näherte sich der Unfallstelle, Sanitäter sprangen heraus. Wenige Minuten später fuhr der Bus weiter.

Felix war Ökonom, oder, wie man zu sagen pflegte „von Haus aus Ökonom". So als gebe es ein oder mehrere Häuser, von denen alles „ausgeht", in denen man aber jetzt nicht mehr wohnt, die man irgendwann verlassen hat: Fachwerkhäuser, Gründerzeitvillen, Elfenbeintürme und Werkstuben. Passte aber gut, weil Ökonomie eigentlich Hauswirtschaft bedeutet. Hauswirtschaften waren wahrscheinlich die ersten, aber nicht die kleinsten Systeme, bei denen man erkannt hatte, dass sie gemanagt und optimiert werden mussten. Der Mensch selbst war ein solches System, fand Felix. Das hatte Siegmund Freud als erster erkannt, ohne es so zu nennen: Was waren die Menschen anderes als komplette kleine Wirtschaftssysteme, die in Ordnung gehalten werden mussten, um dann mit anderen zu kommunizieren und Tauschbeziehungen einzugehen, um ... ja, was wohl? Um Profit zu machen! Zugegeben: jeder hatte eine andere, eigene Definition dessen, was für ihn „Gewinn" oder „Profit" war. Das machte den Markt menschlicher Werte und Präferenzen intransparent, aber es machte ihn zugleich unendlich bunt und vielschichtig. Daraus folgten zwei Einsichten und eine Verhaltensmaßregel. Die erste Einsicht war eine besorgniserregende. Sie bestand darin, dass Felix – wie jeder andere auch – alle Rollen zugleich spielte: Er war ein Börsenanalyst, der die allgemeinen Trends menschlicher Ziele, Werte und Verhaltensmuster zu erkennen versuchte. Er war ein Börsenspekulant, der aus diesen Trends Gewinn zu schlagen versuchte. Zuallererst war er jedoch ein börsennotiertes Unternehmen, das seinen Marktwert ständig neu auf die Probe zu stellen hatte. Eine Heidenarbeit, obwohl der Preis dafür oft nur das bare Überleben war. Die zweite Einsicht war eine tröstliche. Jeder Mensch hatte eine Chance! Es war auf dem Markt der Anerkennung und der Selbstverwirklichung – beide waren in der heutigen Zeit tatsächlich kaum noch voneinander zu trennen - zwar allemal besser, schön, intelligent und erfolgreich zu sein als dick, dumm und ein Loser. Aber auch für die weniger gut Ausgestatteten ergaben sich, wie die Theorie der komparativen Kostenvorteile der Volkswirtschaft nachwies, Fenster der Möglichkeiten. „Klar", hatte ein Kollege gemeint, „weil sie in gänzlich anderen Ligen spielen". Falsch. Die scheinbar minder Begabten konnten wertvolle Güter wie Geduld, Beharrlichkeit oder Einfühlsamkeit einbringen, die auf jedem menschlichen Markt nachgefragt waren.

Das alles wusste Felix: Und dennoch hatte er nur eine ungefähre Vorstellung davon entwickelt, warum Bettina ihn verlassen hatte. Lange Zeit hatte er geglaubt, dass die Handelsbeziehungen, die sie miteinander unterhalten hatten, einfach erschöpft waren. Die Rohstoffe Fürsorglichkeit und Begeisterung füreinander waren ausgegangen und übrig geblieben waren das nackte Gestein und die Abraum-Schlämme einer alten Minenlandschaft. Es war, als hätten sie entdeckt, dass auch das Gold und die Juwelen, mit denen sie einst Handel betrieben hatten, nun glanzlos und unbedeutend geworden waren – niedrigkaratiges Massenwarengold, vielleicht sogar Messing, mäßig edle, gefärbte Quarze, vielleicht sogar Glasperlen. Oder lag es einfach nur daran, dass die jeweiligen Gold- und Juwelenlager nun randvoll waren und es galt, andere Handelsgegenstände zu finden? Dann hätte das Ganze einen Sinn gehabt. Man wäre eine Weile miteinander gegangen und dabei reicher und reifer geworden.

In den ersten Jahren hatte er allerdings in ihrer Kindlichkeit eine Zärtlichkeits- und Erziehungsaufgabe gesehen; später war sie ihm hauptsächlich unheilbar naiv vorgekommen. Und sie, sie hatte sein Bedürfnis nach Phasen der Zurückgezogenheit zunächst als die innere Einkehr eines Weisen bewundert, später hatte sie das als seine Ungeduld mit den Mitmenschen und als Nervenschwäche gedeutet. Sie war in der Spätphase der Beziehung die Verliebtere und Konstantere gewesen. Und doch war sie gleich während der ersten Trennung, die vereinbarungsgemäß nur als provisorische begonnen hatte, als Probelauf für eine spätere Wiederbegegnung, diejenige gewesen, die ganz und gar Schluss gemacht hatte. War er trotzdem der Rührseligere, Anhänglichere von beiden gewesen, der nicht imstande gewesen war, zu sehen, dass es aus war? Oder hatte sie zuvor so viel erhofft und erwartet, zuletzt dann aber aufgegeben, weil er die Beziehung immer nur mit kleinen, mageren Spänen weitergefüttert hatte und dann darauf aus gewesen war, den unfairen Tausch aufrecht zu erhalten? Oder war sie einfach neugierig geworden auf eine größere, weitere Welt? Einiges davon war in den Gesprächen angeklungen. Es ist einfach besser so, hatte sie ihm letztendlich erklärt. Es ist nicht mehr genug, was wir miteinander teilen. Dann hatten sie gelobt, sie würden gute Freunde bleiben. Am Ende war sie fortgezogen, schrieb zum Geburtstag und am Jahresende. Nein, er hatte es nicht verstanden. Der Markt war nicht im Gleichgewicht. Ganz und gar nicht. Es drohte eine Baisse, schon seit einiger Zeit.

In den frühen Morgenstunden hielt der Bus ein weiteres Mal. Man befand sich auf einem großen Parkplatz irgendwo in der Schweiz. Ein anderer Bus stand bereits da und wartete, ein dritter sollte kommen. Felix war wie viele andere hinausgegangen. Die Luft kühlte. Er stellte sich in ein Dreieck von Jungs, die einen Tennisball hin- und her kickten. Im Laufe einer halben Stunde fanden sich weitere Busse, weitere Reisende und Teamer auf dem großen Parkplatz ein. Die Teamer bildeten eine kleine Gruppe, in der laut und leise geredet und gerechnet wurde: Vier Busse sollten kommen und waren gekommen, insgesamt waren fünf Ziele anzufahren. Die Busse waren bis auf einen recht voll, unterschiedlich groß und nicht alle konnten das fünfte Ziel anfahren.

- „Ich studiere Mathematik", näherte sich Michael. „Für den Fall, dass ihr hier nicht weiterkommt, kann ich ein Entscheidungsmodell basteln."

- „... Ich würd sagen, wir rufen die Zentrale an", meinte Sven, der Teamer mit dem Cowboyhut, der jetzt allerdings gerade keinen aufhatte, „aber don't worry", sagte er zu Michael, „ich habe immer gerne die Rätselecke in den Zeitschriften gelesen und meistens gelöst."

Nach einer knappen Stunde des Knobelns schien ein vorläufiges Endergebnis erreicht. Es wurden Anweisungen gegeben. Felix und Michael durften in ihrem Bus bleiben, aber die Sitznachbarin war weg und Mika und sein Freund auch. Felix bot sich zum Aussortieren und Tragen von Koffern an und hatte schon die Hand auf eines der Stücke im Stauraum gelegt, als der Busfahrer erschien und in anblaffte:

- „Hier wird nur ausgepackt und verladen, *wenn* ick det saage, verstehste? Und nur *wat* ick saage!"

Felix' Augen verengten sich: „Ich will nur helfen. Das sind die Leute - das sind ihre Koffer! Sardinien! Die müssen da rüber. Capito?"

- „Iss ja jut! Locker bleim! Hör mal, wir müssen noch viele Stunden miteinander fahren. Wenn wir uns alle wat zusammenreißen, dann jeht et jut mit uns allen. Dit sag ick jedem. Dit rate ick dir! "

- „Dir rate ich das Gleiche! Aber ganz dringend!", schnappte Felix zurück.

Michael klopfte Felix beruhigend auf die Schulter:

- „Weißt du, die können einen schon nerven. Ich musste ja den Zug von Oldenburg nach Köln nehmen, weil der Bus nicht kam. Und wenn der Berliner Bus nicht diese Verspätung gehabt hätte, dann hätte ich es natürlich nicht mehr geschafft. Das sind ganz schöne Idioten."

Dann halfen sie mit. Die meisten Gepäckstücke waren Koffer. Hartschalenkoffergeneration, fluchte Felix leise vor sich hin, Flugreisen-Generation. Er gehörte noch der Rucksack- und Busgeneration an, aber ein Rucksack war hier eine Seltenheit. Sie hörten nebenan die anderen Busfahrer miteinander reden. Darüber, dass morgens um 9 Uhr eine Schlafpause eingelegt werden müsse, egal wo man sei. Darüber, dass man sonst so oder so dran sei, wenn ein Unfall passiere. Darüber, dass die Gruppe das Schiff wegen der Schlafpause vielleicht verpasse, dass die Vorschriften aber so seien.

Der Rest der Fahrt ging schnell durch ein immer farbiger werdendes Italien hindurch. Zwei der Busse kamen auf einer enormen asphaltierten Fläche an, an deren Ende das Hafenbecken lag. Ein großes Schiff, eine Fähre mit einer kleinen Autoschlange davor war zu sehen. Es war immer noch früh. Die Busse blieben stehen, wieder durfte man aussteigen, während die Teamer sich wieder dem zuwandten, was schon auf dem letzten Parkplatz ihre Lieblingsbeschäftigung gewesen war. Sie telefonierten mit ihren Handys, wahrscheinlich zur Zentrale, vielleicht auch zu anderen Bussen, die noch kommen sollten. Eine kleine Gruppe von Leuten unterhielt sich über die Reise und die Ziele.

- „Du bist doch auch schon eher älter, wieso fährst du eigentlich mit Cool Tours", fragte einer Felix. Der zuckte mit den Schultern. Das sei nun mal alles, was er gefunden habe. Er habe kein Hotel gewollt, sondern eben richtiges Campen. Er habe aber kein Auto und in der Hochsaison bekomme man sowieso nur noch die schlechtesten Plätze auf den Zeltplätzen. Also habe er gebucht.

Tina und Fred, seine ersten Bekanntschaften vom Busbahnhof Köln, waren in der Zwischenzeit wach geworden und standen etwas irritiert herum, Tina mit verschränkten Armen und gesenktem Kopf. Ihr Freund kümmerte sich um sie, hatte eine Hand auf ihrer Schulter liegen, schien sie trösten zu wollen. Die Autoschlange vor der Fähre hatte sich rasch abgebaut, sogar ihre Haupttore waren schon geschlossen. Felix, der immer häufiger auf seine neue Uhr geschaut hatte, entschloss sich, zum Schiff zu gehen und zu fragen, ob das die Fähre nach Korsika sei. Ein einzelner Mann in fast perfekter Matrosentracht stand an einer Gangway die nach oben ins Schiff führte. Er bejahte die Frage. Ob sie mit wollten, fragte er auf Italienisch. Felix bejahte und versuchte zu erklären, dass er allerdings nicht wisse, ob auch die Busse auf die Fähre wollten. In zehn Minuten lege man ab, war die Antwort. Schnell trottete Felix daher zurück, Richtung Bus, wo die Teamer wie wild am Telefonieren und sich-beraten waren.

Der im Cowboyhut nahm die Nachricht aufmerksam auf. Biggi nicht. Ihre langen Haare, ihre Nickelbrille und ihr Handy bildeten ein wirres Knäuel. Drei lange Minuten später entwirrte sich das Knäuel und sie verkündete:

- „Nein. Wir sollen hier auf die anderen warten."

- „Die Fähre fährt ab und die nächste fährt erst am späten Nachmittag, wir müssen das jetzt entscheiden" gab einer zu bedenken.

Weitere Minuten vergingen, in denen Felix einige Passagiere aus dem Bus in Kenntnis setzte. Mit einer kleinen Delegation gingen sie schließlich zu Biggi:

- „Biggi, wenn die anderen später kommen, dann kommen sie halt später und müssen selber sehen. Hier am Hafen ist es nicht schön und wir wollen am frühen Nachmittag in Korsika sein. Wir sind platt und wollen ankommen."

- „Dann muss ich aber Tickets für die Verspäteten nachkaufen, denn mein Gruppenticket hier ist für achtundzwanzig Leute ausgestellt", erklärte Biggi. „Wir sind zweiundzwanzig, es fehlen also fünf, die kommen noch im Münchner Bus und der ist verspätet. Nee, das geht wirklich nicht."

Die Schiffssirenen dröhnten mit tiefem Bass über das Hafenbecken.

- „Mordssound", sagte einer aus dem Hintergrund, „lass uns da mitfahren und ich frage den Käpt'n, ob ich auch mal hupen darf."

Der Matrose war auf die Busse zugegangen und wandte sich nun ungeduldig an Felix. Ob sie nun mitfahren wollten oder nicht. Felix übersetzte. Biggi blinzelte mit ihren kleinen Augen kurzsichtig über Menschen und Hafen und bestand darauf, zu warten.

- „Fuck! Wir wollen gehen und wir gehen jetzt auch", brüllte Teamer Sven plötzlich, riss Biggi das Ticket aus der Hand, nickte dem Matrosen zu und wies die Korsika-Leute an, mit ihm auf das Schiff zu gehen, sofort. Er wolle keine Verabschiedungsszenen. Erleichterung machte sich breit, außer bei Biggi. Die schaute erst verstört umher und griff dann wieder zu ihrem Handy. Zehn Minuten später waren alle an Bord, hatten auf dem Deck Plätze zum Ausstrecken gefunden und schaukelten ins Meer hinein. Sven hatte sein markig-männliches Aussehen mittlerweile durch eine dunkle Ray Ban Sonnenbrille vervollständigt. Ihm war von allen Seiten gratuliert worden, während Biggi, die in einigen Tagen im Camp in Korsika eintreffen würde, wegen ihrer Null-Peilung gründlich unten durch war. Die Fahrkarten, fand einer heraus, seien übrigens nur für die zehn Uhr Fähre gültig gewesen. Wäre man abends gefahren, hätte man die Karten für alle neu kaufen müssen. Ihm sei es zwar scheißegal, ob Cool Tours extra zahlen müsse, damit sie vernünftig ankämen, aber diese Frau sei ja so was von bescheuert. Man könne jedoch nicht sagen, dass sie mit ihrer Dummheit am meisten gestraft sei. Sie sei zwar in der Tat gestraft, aber alle anderen leider genauso, meinte Michael. Felix zuckte die Schultern.

Das war trotz allem der Beginn seines Urlaubs. Von ihm wurde jetzt nichts erwartet. Es war nichts abzuliefern, es war kein Ziel zu erreichen, es war Zeit zum Zeithaben. Die Ärgernisse reichten jetzt nicht mehr aus, um seine Vorfreude auf Strand und Meer entscheidend einzutrüben. Er erklärte Michael, das Leben im Allgemeinen und der Urlaub im Besonderen seien ein Monopoly-Spiel. Gerade habe man eine Ereigniskarte gezogen. Es sei kein nettes Ereignis gewesen, dafür sei aber ein bisschen was los gewesen. So könne man das natürlich sehen, brummelte Michael. Für eine Ereigniskarte sei das aber eine ziemliche Arschkarte gewesen. Er wolle, dass Biggi ins Gefängnis gehe, direkt dorthin. Sie solle nicht über „Los" gehen und auch keine 4000 Mark oder Euro einziehen.

Der Rest der Anreise war Felix einige Tage später nur noch undeutlich bewusst. Der Ankunftshafen auf Korsika war unspektakulär gewesen. Alle waren froh gewesen, dass der Bus gleich mit ihnen losgefahren war. Michael und er hatten sich nach vorne gesetzt, wegen der Kurven, meinte Felix.

- „Wessen Kurven?", hatte Michael zurückgefragt.

Tina, die nun wirklich gar keine hatte, wie Michael in sein Ohr flüsterte, war bald schlecht geworden, so sehr, dass sie die Plätze mit ihr und Fred getauscht hatten, damit sie auf die Straße schauen konnte. Danach hatte es Ärger mit zwei Jungs gegeben, die unter der Dachluke mit dem

Rauchen begonnen hatten. Sie hatten ihre Zigaretten meist oben durch die Luke gehalten und den Rauch - rücksichtsvoll - wie sie meinten - durch die Öffnung zu pusten versucht. Michael und Felix, die direkt daneben gesessen hatten, hatten auf ihre Nichtraucherrechte verwiesen.

- „Wieso", war die Antwort gekommen, „wir rauchen ja nicht hier drin, wir rauchen draußen. Guckma!", und dann stieß er eine Tabakwolke mit spitzem Mund nach oben aus, in die Luke hinein. Michael war nicht einverstanden und einige Sekunden lang lag nicht nur Rauch, sondern eine Prügelei in der Luft. Felix, der auf der Gangseite gesessen hatte, war von sich überrascht gewesen, wie bereitwillig er sich auf die Eskalation Michaels eingelassen und wie kühl er bereits das Auge des ihm nächsten Gegners ins Fadenkreuz einer Faustattacke genommen hatte. Der hatte dann eingelenkt, wohl weniger aus Angst vor einer körperlichen Auseinandersetzung, als deswegen, weil es zu offensichtlich war, dass das stickige obere Stockwerk sich mit Zigarettenqualm zu füllen begonnen hatte.

Die Ankunft auf dem Campingplatz war reibungslos verlaufen. Zwei Teamer hatten den Bus erwartet, die Zeltplätze, Holzbungalowplätze und Wohnwagenplätze verteilt und Essenszeiten durchgegeben. Felix als einer der wenigen Zeltbewohner hatte große Auswahl gehabt, denn vom Hochsommer standen noch viele Zelte da. Er hatte sich etwas abseits in einem Steilwandzelt für zwei eingerichtet, dann einen kurzen Spaziergang zum Meer gemacht und schließlich ein erstes Nachmittagsschläfchen eingelegt, an das sich nach einer Weile des Wachliegens, in der er auf die Grashalme vor dem Zelt gestarrt hatte, ein zweites anschloss. Er war froh gewesen, eine Woche Zeit zu haben dafür, keine Zeit für irgendetwas haben zu müssen.

Das Camp und ein Unfall ohne Strom

Frühstück um halb neun, hatte es geheißen, Felix war bereits um halb acht wach. Er war eigentlich kein Morgenjogger und hatte hier den ganzen Tag Zeit, laufen zu gehen. Aber es würde sehr heiß werden. Er wollte jeden Tag mindestens eine Stunde joggen, einmal alle drei bis vier Tage zwei und mehr Stunden. Das war sein Marathon-Trainingsplan, und viel komplizierter war er auch nicht. Mit Ernährungs-, Pulsschlag- und Zeittabellen konnte man ihn zwar erheblich perfektionieren, aber dann war das Joggen schon kein Hobby mehr. Bei starkem Muskelkater und Müdigkeit war langsamer zu treten, ebenso bei erhöhtem Ruhepuls. Das war die Grundessenz dreier umfangreicher Bücher, die Felix gelesen hatte. Nach der Lektüre hatte er sich gefragt, ob es die Verlage waren, die auf Ergüsse von mindestens zweihundert Seiten gedrängt hatten, oder ob es die Autoren selber waren, die so marathonhaft verplappert waren. Und warum hatte es sich nicht längst herumgesprochen, dass all diese Hobby- und Lebenshilfebücher, die, wie er gelesen hatte, mittlerweile ein Drittel des Buchmarktes ausmachten, in wenigen Worten zusammengefasst werden konnten, ja mussten? Eines Tages würde er zusammen mit einer Gruppe Gleichgesinnter ein fünfzigseitiges Buch veröffentlichen: „Lebenstipps komplett" würde es heißen. Es würde alle Gesundheits-, Psychologie-, Lern- und Erziehungsratgeber, alle Karriere- und Börsentipp-Bücher, alle Umweltverhalten-Optimierungs- und alle Lifestylebücher zusammenfassen. Es würde ein ganz großer Knüller werden.

Nach einer kurzen Morgentoilette schlenderte Felix zur Versorgungshütte, an der die überdachten Esstische standen, zehn lange Biertische. Butter, Käse und die Getränke sowieso gebe es vorne bei ihm, begrüßte der Koch ihn. Seit elf Jahren sei er bei Cool Tours. Nur im Sommer. Für den Winter habe er eine kleine Wohnung in Hamburg, fast auf Sankt Pauli, und arbeite in der Kneipe um die Ecke, Wenn Felix ihm heute Morgen helfe, habe er einen von zwei bis drei Jobs, die jeder hier pro Woche erledigen müsse, schon hinter sich.

Felix begann, Marmelade und Schokocreme auf die Biertische zu stellen und die frischen Baguettes zu schneiden. Gar nicht so übel, dachte er. Zwei Jugendlichen, die mittlerweile etwas verschlafen angekommen waren, erklärte der Koch, wie man Kaffee ohne Kaffeemaschine aufbrüht: zwölf gehäufte Löffel pro Filter pro Zwei-Liter-Kanne müssten es sein, dann sei da noch der Tee: eine Handvoll in diesen Topf, aber erst wenn das Wasser kocht. Dann mit Sieb abgießen in die Thermoskannen. Felix spürte die Morgenluft, ihn fröstelte plötzlich ein wenig, all das war neu und vielleicht auch ein wenig peinlich. Man müsste würdevoll am Tisch sitzen und Menschen zublinzeln, die man noch nie gesehen hatte, und man wüsste nicht, ob sich eine Bekanntschaft mit ihnen lohnen oder als fataler Irrtum erweisen würde, weil man sie dann über Tage und Wochen nicht mehr loswürde, während man doch so viele Bücher wie möglich mitgebracht hatte und lesen wollte. Es würde ein ständiges Abwägen zwischen sozialem und kontemplativem Bedürfnis werden. Er überlegte bereits, an welchen der sich langsam bevölkernden Tische er sich nachher setzen würde.

Schließlich, als die Tische sich langsam gefüllt hatten, nahm er gegenüber von einem jungen, auffallend hübschen Pärchen Platz. Sie hieß Kate hatte langes hellbraunes Haar in das zwei bunte Bänder hinein geflochten waren, war braun gebrannt und lachte viel. Was sie anhatte, ließ sich nur als Retro-Hippylook bezeichnen. Ihr Freund stellte sich als André vor, hatte beneidenswert volle, blonde Locken und - durch eine teure, schicke Brille hindurch - einen nachdenklichen und träumerischen Blick. Es stellte sich heraus, dass er bereits Philosophie studierte und sie das Abi gerade hinter sich hatte. Felix überlegte, ob er nach Militär- oder Zivildienst fragen sollte, unterließ das aber. Das wäre eine typische Altherrenfrage gewesen. Lieber wagte er eine These, nämlich die, dass die Lektüre philosophischer Texte schwierig, wenn nicht gar unmöglich sei. Ihm jedenfalls sei das noch nie so recht geglückt – jedes Mal, wenn er es versucht habe, sei er nach wenigen Minuten entweder hundemüde oder zappelig geworden, jede Kleinigkeit habe ihn abgelenkt. Woraufhin die Freundin des Philosophen intermittierend die Hände hochwarf, dann hinter ihre Ohren hielt und Felix zuwinkte. Das verwirrte ihn – sollte das etwas zu tun haben mit dem, was er gerade gesagt hatte oder war es eine Verspottung? Was war los mit ihr? Leistete sie U-Boot-Funkunterstützung, wie man es in dem Klatsch- und Gestenspiel für Jugendliche tat, das er vor einigen Jahren einmal eine ganze Nacht lang mit anderen Besoffenen gespielt hatte? U2 funkt an U5 – bitte melden! U 5 hatte sich daraufhin mit den gleichen doppelhändigen Wedel-Gesten zu melden und den Funkspruch weiterzugeben, die jeweiligen Nachbarn – also U4 und U6 - hatten einhändig Funkunterstützung zu leisten; wer das versäumte, wechselte seinen Sitzplatz und bekam außerdem den Stempel eines schwarzen, angekokelten Korken auf die Stirn oder die Wange.

André schmunzelte und gestand, dass Kate ziemlich genau das Gleiche zur Philosophie sage wie Felix, aber ihm bereite sogar Hegel Freude. Und Schopenhauer! Aber auch Ortega y Gasset oder Gadamer. Das sei so spannend, dass alles andere dagegen doch, nichts für ungut, irgendwie Trivialliteratur, Boulevardblättchen, Schundromane seien. Felix nickte langsam, fühlte sich aber mit dem Bücherpaket, das weiter oben am Hang im Zelt auf ihn wartete, auf einmal isoliert. Bis eben hatte er das noch für eine Sammlung recht ernstzunehmender Autoren gehalten, und jetzt, jetzt war er versucht, sich mit Kate zusammenzutun und Funkunterstützung anzufordern. Sie war unterdes aufgestanden, hatte ihren strammen Hintern in ihren gelben, schmutzigen Blumenkinderhosen in die Schlange gestellt und war nun wieder mit zwei Scheiben Käse und Cornflakes am Tisch zurück. Neben ihr hatte eine etwas beleibtere, blond getönte Frau nebst einem vielleicht dreizehnjährigen Jungen Platz genommen, Mutter und

Sohn, die, offensichtlich auf der Suche nach Gesellschaft waren und sofort zu erzählen begannen. Sie heiße Carla und ihr Sohn Mio.

- „Oh! Das heißt ‚mein‘ oder ‚meiner‘ auf Spanisch", meinte Felix, „aber das hätten wir auch so gemerkt, er ähnelt dir nämlich."

- „Nein, nein, das ist ein slawischer Name, der vollständig Miodrag heißt, was so viel wie „der Liebe" heißt. Mein Großvater war Serbe. Wir sind früher oft nach Jugoslawien ans Meer mit ihm gefahren, aber als es kroatisch wurde, wollte Opa nicht mehr mit uns hin", antwortete Carla und schaute in die Ferne.

- „Daher jetzt Korsika", meinte Felix verständnisvoll.

- „Daher jetzt Korsika, genau." Carla erzählte ihm und den mit halbem Ohr zuhörenden Banknachbarn daraufhin ausführlich, seit wann sie und Sohn Mio hier waren und was man hier alles unternehmen könne.

Einer der Teamer räusperte sich und stellte das gesamte Teamer-Team vor, es waren acht junge Leute, die sich erhoben und winkten, wenn von ihnen die Rede war. Es gebe aber noch jemanden, den er vorstellen müsse. Er sei ein Meister des Lebens, der Dichtkunst und der korsischen Küche und außerdem gut befreundet mit dem Besitzer des Campings, dem alten korsischen Piraten Don Umberto. Aber er sei auch eine sportliche Berühmtheit.

- „Und hier ist er! In der blauen Ecke: The Chammmmmpionnnn of all catchers and poets! .... Cleeeeeeeeeeeeeeeeeeeeement!"

Seine Hand zeigte auf einen zwei Meter Mann mit grauen Stoppelhaaren und friedlichem Gesicht, der vor einer großen Schale Müsli saß.

- „Jetzt hab ich fast vergessen, dass wir gestern über zwanzig neue, coole Typen reinbekommen haben, die ein, zwei oder sogar drei Wochen bei uns sein werden, also ich werde jetzt die Vornamen aufrufen, und die Leute stehen dann einfach bitte auf, ja? Und winken dann bitte in die Kamera!"

Felix wurde nun laut mit „Dr. Felix!" aufgerufen.

- „Hey, n echter Doktor, also das ist doch mal prima wenn ihr Fieber oder sonst ne Krankheit habt!", schrie der Teamer, und Felix, der aufgestanden war, verneinte mit dem Zeigefinger:

- „Nee, nee, n anderer Doktor, aber is auch egal".

- „Du bist mir eine Erklärung schuldig, Dr. Felix", sagte Michael, der wenige Sekunden später auch aufgerufen wurde.

Dann ging es weiter: Die Essenszeiten seien um halb neun für das Frühstück, halb sieben für das Abendessen, wer zwischendurch Hunger habe, müsse sich im kleinen Campingsupermarkt und in dem Dörfchen am Ende des Strandes selber versorgen. Das gelte besonders für alle uncoolen Geizkrägen, die hier morgens beim Frühstück die Baguettes klauen, um für die Mittagspause vorzubauen. Das sei verboten, so dicke habe Cool Tours es nicht, man habe nun mal nur Halbpension, keine Vollpension. Echt jetzt!

Es wurden die möglichen Sportarten und Ausflüge vorgestellt, Volleyball, Badminton, Frisbee, Mountainbikes, Trekking, Schluchtenwanderungen mit Helm und Seilen, Tauchen, Windsurfen, Skateboarden, Radtouren. Es folgten: Exkursionen in die Berge, auf die Berge, nach Ajaccio und Bastia, in ein Restaurant, das auf die wilden Schweine spezialisiert sei. Das alles koste natürlich extra, genauere Infos lägen oben am Campingeingang aus, auch die genauen Termine, die allerdings erst im Laufe der Woche bekannt gegeben werden könnten. In der einsetzenden Nachsaison könne man jetzt für nichts mehr garantieren. Man brauche Mindestzahlen für bestimmte Exkursionen. Andererseits gebe es bei einigen auch Maximalzahlen, weil nur zwei Kleinbusse flexibel zur Verfügung stünden, ein größerer Bus könne bei höherer Nachfrage nur dann gemietet werden, wenn rechtzeitig ausreichend Anmeldungen getätigt würden. Kostenlos und trotzdem richtig geil sei der Fun am Abend: Spieleabende und Wettbewerbe, Strandparty, Discoparty, Tischfußball und Tischtennisturniere. Alles keine Pflicht, aber es gelte, die Teamer zu schlagen, die seien ja schon wochenlang hier und total durchtrainiert – in so ziemlich allem – hahaha.

Aber es gebe auch Pflichten. Da seien die Jobs, und zwar die Essenvorbereitung und –nachbereitung. Jeder sei zwei Mal in der Woche dran, mitzuhelfen. Besser mehr! Auch das könne cool sein - abends die Abspülpartys zum Beispiel. Mehr dazu werde heute nicht verraten.

Nach dieser Vorstellung fühlte sich Felix mit seinem Stapel Bücher noch isolierter. Wie konnte er es wagen, angesichts der Fülle der meist gemeinsamen Aktivitäten einfach an Joggen, Schwimmen und das Lesen am Strand zu denken? Als hätte er diese Gedanken gehört, saß mit einem Mal Michael neben ihm, klopfte ihm auf die Schulter und redete von Boddibohds.

- „Was? Body guards?", fragte Felix,

Nein, nein: Body Boards, lautete die Antwort. Ob sie nicht gegen zehnhalbelf gemeinsam zum Strand gehen sollten. Felix nickte geistesabwesend.

Als er mit Michael unten am Strand ankam, rief eine hohe Stimme, die einem lockigen Athleten mit erstaunlich dünnem Hals gehörte:

- „Jo socht mol ihr do, was mocht ihr denn do!?"

- „Oh Gott, die Sachsen kommen. Das ist Mark, mein einer Hüttennachbar. Der brauchts! Ganz dringend! Naja, damit ist er ja keine Ausnahme", sagte Michael und schaute Felix anzüglich an. Auf Marks bemerkenswert muskulösem Körper saß ein dünner, langer Hals. Ein schmaler, roter

Kopf mit fast schon schütterem Haar und trockenen, dicken Lippen, saß wacklig darauf. Zweihundert Meter weiter waren sie bereits zu viert, denn eine Frau hatte sich ihnen hinzugesellt und machte alle Anstalten, den weiteren, etwa eine Meile langen Strand, an dessen Ende eine kleine Hügelkette war in die sich eine Mischung aus Siedlung und Dörfchen schmiegte, mit ihnen entlang zu schlendern.

Felix merkte, wie ihn alles anstrengte. Selbst die Entscheidung, den kleinen Rucksack zu packen und loszugehen, hatte ihn eben angestrengt. Urlaub hatte die Abwesenheit von Plan und Pflicht zu sein, und wenn das so ist, sagte er sich, dann muss ich nicht lesen, nicht laufen und nicht schwimmen, erst recht muss ich dann aber nicht den Rest des Tages mit diesen Menschen verbringen. Er setzte sich mit einem Mal mitten in den Sand, erklärte den Ort zu seinem Leseplatz und der überraschten Gruppe, er werde sie nachher im Café des Örtchens suchen und finden. Michael schaute etwas verunsichert und zog mit den beiden anderen weiter, während Felix sich den Schweiß von der Stirn wischte, etwas verstimmt sein Buch aufschlug und versuchte, Ruhe einkehren zu lassen.

Trotz Lichtschutzfaktor 30 musste er eine gute halbe Stunde später Schatten suchen. Hinter der kleinen Düne hatte er ein Internet-Café entdeckt. Er setzte sich unter einen Sonnenschirm und konsumierte erst ein Buch mit Cola, wenig später einen Café au Lait. Dann setzte er sich an einen PC - in puncto Emails war er im Rückstand.

Wenn man ans Hallo sagen denkt

Und das kam so: Begonnen hatte es damit, dass er einen Artikel zu einer Website gefunden hatte, auf die man sein Foto stellen und mit denen der Geschlechtsgenossen vergleichen konnte. Foto Voting nannte sich das.

Warum sollte ich meinen Marktwert nicht mal ermitteln, hatte Felix zu sich gesagt. Alle Benutzer konnten Punkte vergeben, und nach wenigen Tagen, so hatte das System versprochen, hatte man durch Dutzende oder Hunderte von Bewertungen dann eine realistische Einschätzung seiner eigenen Attraktivität. Er hatte ein besonders gelungenes Foto von sich hineingestellt - fröhlich, natürlich, unfrisiert. Als erstes durfte er sich selber benoten. Er gab sich mutig sechs von zehn Punkten. In einem zweiten Schritt hatte der Foto Voting-Dienst sein Portrait rechts und links eingerahmt mit Abbildungen zweier Männer, die sich durch unzählige Benotungen Dritter ihre sechs Punkte bereits redlich erworben hatten: es waren akkurat gestylte Schönlinge mit scharf geschnittenen Gesichtern aufgetaucht, gegen die er selbst bei wohlwollender Benotung gewöhnlich und picklig ausgesehen hatte. Im Laufe der folgenden Tage hatte Felix einiges gelernt: dass Männer, selbst gutaussehende, durchschnittlich wesentlich weniger Punkte erhielten als die Frauen, dass Frauen ihre Augenfarbe viel häufiger mit „grün" oder „grau" angaben als Männer. Dass einige der bestbewerteten Frauenfotos höchstwahrscheinlich aus dem Netz geklaute professionelle Fotos von Models waren und dass ein anderer Teil der guten Plätze an diejenigen Frauen ging, die sich besonders ausgezogen darboten. Er hatte außerdem festgestellt, dass das Durchschnittsalter der Fotografierten bei 23 lag und dass es höchste Zeit war, sein Foto zu löschen und zu verschwinden.

Das war vor vielen Monaten gewesen. Mittlerweile hatte er Fortschritte gemacht. Er war in eine Welt eingetaucht, die vor einiger Zeit noch als „einsame Herzen-Seiten" oder „Heiratsanzeigen" bezeichnet worden war und die er selbstverständlich gar nicht nötig gehabt hatte. Andererseits gab es auf den Single-Seiten, wie sie schon seit einigen Jahren hießen, schöne Fotos von schönen Frauen. Ein Wahnsinnsangebot, das man auch nachts am PC noch sichten konnte. Es war ein Versandhauskatalog, der das Konkurrenzangebot an Kolleginnen, Sportpartnerinnen,

Freundinnen von Freunden und Kneipenbesucherin völlig in den Schatten stellte. Er konnte dieses Angebot effizient filtern und selektiv bearbeiten und bekam - im günstigen Fall - sofort ein Feedback. Die Frauen selber waren die Verkaufsartikel ... nein, das war Unsinn. Die Ware, das waren die Adressen, Emails und Telefonnummern dieser Frauen, denn die wurden an Leute wie ihn weiterverkauft.

No head games, drohte die eine oder andere, keine Kopfspielchen, bloß nicht nachdenken und vor allem kein baggage, keine unnötigen Komplikationen, übersetzte er das für sich. Oder waren damit Kinder gemeint? Er schrieb keiner von ihnen. Das hatten sie nun davon.

Auf einer internationalen Seite stieß er auf ein nett aussehendes langhaariges Mädchen, das folgenden Text geschrieben hatte:

„Was ich suche: Antworten! Sterben Spinnen im Staubsauger? Haben Zebras ein schwarzes Fell mit weißen Streifen, oder ein weißes Fell mit schwarzen Streifen? Wenn ein Laden 24 Stunden am Tag an 365 Tagen im Jahr geöffnet hat, warum gibt es dann ein Schloss in der Tür?

Darauf ließ sich reagieren, dachte er und formulierte:

„Liebe Madonna5177,

kann es sein, dass du eher weitere Fragen suchst? Wie wäre es mit diesen?

- Wie überleben Vampire im Sommer in Finnland?

- Was zählen Schafe, wenn sie einschlafen wollen?

- Haben Koalas einen guten Atem? Bekommen sie jemals Halsweh?

- Welche private Email hast du?"

*Das war eine Spielerei. Es war vermessen zu glauben, dass eine hüb-
sche sechsundzwanzigjährige ihm antworten würde. Dennoch war er äu-
ßerst zufrieden mit sich, denn seine Antwort war schlagfertig, um die
Ecke gedacht, Regel brechend. Sie war einfach sehr cool.*

- „Oh hallo, du bist doch auch aus meinem Camp", unterbrach ihn eine
Stimme. Felix drehte sich um. Die Stimme gehörte einer eher kleinen Frau
mit vollen Lippen. Sie trug ein dünnes, weites langärmeliges Sweatshirt,
das einerseits von ihrem Busen vorteilhaft ausgefüllt wurde, andererseits
aber wenig vorteilhaft abstach von ihrem leuchtend roten Gesicht. Ihre
aquamarinblauen Augen strahlten mit. Felix lächelte und sagte: „Ja, du
auch?"

Er wolle jetzt noch einen Kaffee trinken, ob sie auch einen wolle. Sie
nickte. Sie war schon vor einer Woche gekommen und blieb noch eine weitere.

- „Obwohl ich einen solchen Sonnenbrand bekommen habe, dass ich
erst mal gar nicht mehr in die Sonne kann", gestand sie und hielt sich einen Finger so an ihre dunkelrote Nase, als hätte sie Angst sich daran zu
verbrennen. Dann ließ sie los. Felix starrte auf den weißen Fleck, den der
Finger auf ihrer Nasenspitze hinterlassen hatte und der nun langsam wieder rot wurde.

- „Und was machst du stattdessen?"

- „Ooooch, ich setze mich halt hier ins Café und verwickle Leute in Gespräche. Ansonsten lebe ich in erster Linie nachts, weißt du?

- „Also Entschuldigung, so wie du ausschaust, brauchst du vorerst
noch eine Creme mit Mondschutzfaktor", unterbrach Felix sie und lachte

etwas künstlich. Sie lächelte artig und zeigte dabei eine Reihe langer, schöner Zähne. Im Gegensatz zu ihm verlor sie nichts von ihrer Natürlichkeit.

- „Ich hab dich gestern Abend gesehen, heute Morgen aber nicht. Ich schaffe es einfach nicht zum Frühstück, ist mir einfach viel, viel zu früh." Und dann erzählte sie ihm, wo man etwas hier unternehmen könne. Irgendwann stand sie abrupt auf.

- „Bis heute Abend ... vielleicht", sagte sie und schaute ihm über ihre verbrannte Schulter nach. Sie heiße übrigens Britta.

- „Aha, ein Doppelname! Ich mag Doppelnamen! Tschüss ‚Übrigens-Britta'. Und ich einfach Felix. Einfach-Felix", rief er fröhlich.

Es war sehr warm, die Luft etwas feucht, aber Felix fühlte, dass es nun genau die Zeit zum Laufen-Gehen war. Auf dem Rückweg würde er im kleinen Laden des Camps sechs große Plastikflaschen Wasser kaufen und sich voll laufen lassen. Er trottete hoch zum Camping, ließ seinen Rucksack im Zelt. Seinen Lauf startete er auf dem kleinen Weg, der sich von den steilen Hügeln in die Bucht hinunterschlängelte. Am Anfang spürte er vor allem die spitzen Steine unter seinen Schuhen, dann die Schweißtropfen, die schon nach wenigen Minuten seine Stirn kitzelten um sich dann leicht zappelnd von ihr zu lösen und auf die Straße, seine Beine und sein T-Shirt zu tropfen. Bloß an nichts denken, auch nicht daran, dass ein Fuß vor den anderen gehört, so verlierst du nur das Gleichgewicht, bloß nicht nach oben schauen, auf den Hügelrand, der noch zu weit oben war, zu schwer zu erreichen, bloß nicht an Katja denken, mit der er manchmal laufen war. Er sah jetzt nur noch die schwarze, erhitzte Straße, nur noch die Luft, die über dem Teer ein wenig flimmerte und seinen Schatten. Ein Paar, das auf dem Weg zum Strand war, kam ihm von oben entgegen. Sie hatte schlanke Beine. Ihr Begleiter starrte Felix strafend an. Sein Blick hatte nichts auf ihren Beinen verloren, schon wahr. Felix schaute dafür ihm in die Augen wie ein

Dompteur einem Tiger. Als der andere Richtung Meer schaute, blickte Felix, der schon fast vorbei war, zur Strafe doch auf ihre Beine. Als er das Paar hinter sich gelassen hatte und er weit genug weg war, drehte er sich außerdem noch mal um, ihren Hintern hatte er schließlich auch noch nicht gesehen. Richtig schöne Beine, dachte er, muss man sowieso von hinten gesehen haben, da beweist es sich erst. Manche Beine sehen nur von vorne gut aus. Während der Drehung bemerkte er, wie sich auch der Begleiter umdrehte. Ihre Blicke stießen aufeinander, die Lippen des Mannes, ganz in der Nähe des Ohres seiner Begleiterin, verzogen sich, wahrscheinlich zu einer abfälligen Bemerkung. Felix drehte sich wieder in Fahrtrichtung und erreichte wenig später den ersten Kamm, an dem die kleine Feriensiedlung lag. Er atmete heftig und machte sich Vorwürfe. Es kann doch nicht sein, dass ich hier einfach nur glotze, das ist doch einfach nicht möglich, dass ich selbst beim Laufen an nichts anderes denke, sagte er sich und begann mit dem zweiten Teil des Berglaufs. Es kann aber auch nicht sein, besänftigte er sich, dass so ein Mann wie ihr Begleiter einen ganzen Urlaub lang nichts anderes zu tun hat als alle diejenigen, die seine Braut taxieren, weg zu starren. Das war doch keine ausfüllende Tätigkeit!

Der Rest des Laufs war stummes Leiden, an Melodien denken, die den Muskeln berghoch einen Rhythmus gaben, sich den beißenden Schweiß aus einem Auge reiben um mit dem anderen den schmalen Weg, der immer bergan führte, im Blick zu behalten, ein Wettlauf mit einer dicken Bremse machen, die sich wieder und wieder auf ihn setzen wollte. Als er wieder im Camp angekommen war und im kleinen Supermarkt eine 1,5 Liter-Flasche leer getrunken hatte, stellte er fest, dass nun alles leichter geworden war. Dem Rest des Tages konnte er wieder mit Zuversicht entgegensehen.

- „Hey, was machsduda?", sagte eine Stimme von hinten. Die Stimme gehörte Michael. Sie beschlossen in einer guten Stunde noch mal baden und gleich danach einen trinken zu gehen, am besten unten am Strand im Internet Café, sagte Michael, dort können wir voll einen auf dicke Hose machen. Felix wusste nicht genau, was das war, aber es hörte sich gut an.

Das Wasser war zu warm. Das sei gut so, dann könne man später, im Zuge der ersten Strandparty, die heute Abend stattfinde, vielleicht nochmal ins Wasser. Natürlich nur, wenn man dafür jemanden finde. Ob Felix schon erste Vorstellungen entwickelt habe. Es gebe ja jede Menge Weiber hier, die man ins Auge fassen könne.

Felix berichtete Michael von Übrigens-Britta. Sie sei leicht zu erkennen - eine weiß-rot gestreifte Signalboje, meinte er. Zum Baden komme sie in ihrem Zustand derzeit wohl nicht in Frage, aber Michael könne sie ja ins Auge fassen, das sollte mühelos gelingen.

Die wolle er unbedingt kennen lernen, nickte Michael, und schaute sich in alle Richtungen um. Um Mitternacht baden gehen, das sei das Tollste überhaupt. Man ziehe sich ganz aus und gehe gemeinsam hinein. Das sei übrigens der einzige Moment, in dem sogar die Engländer mal überschwänglich und ungezwungen seien – nachts nackt im Dunklen. Nackt, nass und breit. Klar, sie werden um elf aus dem Pub geworfen, seien dann ganz wuschig, daher müsse um zwölf was anderes, besseres steigen: Nass machen, sich im Wasser verfolgen, Wasserspritzen und alles was daraus folgt.

Weiß nicht, dachte Felix. Ihm machte das dunkle Wasser Angst. Angst, aufgesogen zu werden. Am Tag ließ so ein Meer reichlich Lichtstrahlen in sich hinein, glänzte und funkelte, schaukelte sanft. Aber nachts merkte man, wie ungern es das getan hatte, wie es selber rabenschwarz war und wie es hungrig auf den nächsten Tag wartete. Und da soll man hineinspringen, ohne zu wissen, was darin ist. Die Welle, die einem in Mund und Nase schwappte, war schon lange unterwegs und traf einen ganz sicher.

Forschungslückenspürgerät

Beruflich war es geraume Zeit nicht übel gelaufen. Das sozialwissenschaftliche Institut, an dem er arbeitete, ließ ihm viele Freiheiten. Knapp zehn Jahre lang hatte Felix diese Freiheiten genutzt, gerne und viel publiziert, vorgetragen und promoviert. Er war ehrgeizig gewesen und hatte es genossen, wenn er eine weite Reise antreten konnte, um an einem Expertenpanel teilzunehmen. Aber seit einiger Zeit war eine Stagnation eingetreten: Er war nachgefragter denn je, das schon. Er produzierte heute an Seiten und Artikeln zweimal mehr als zu Anfang und hatte sogar schon zwei Mal in international angesehenen englischsprachigen Zeitschriften veröffentlicht. Er hatte bereits überlegt, ob das für ein ein- oder zweijähriges senior-fellowship an Universitäten wie Sussex oder Berkeley reichen könnte. Doch selbst wenn er dem deutschen Alltag entkäme: der Kreis, in dem sein Beruf sich abspielte, schien ihm wie der Stammtisch einer Lieblingskneipe, in die man abends geht und in der einen der Barkeeper mit Handschlag begrüßt: dieselben Gesichter, dieselben Interessen und, letztlich, dieselben Gespräche. Been there, done that. Lass uns ne Runde Darts spielen.

Er hatte bemerkt, dass er anfangs fünf regelmäßige Leser hatte, die an denselben Themen und Thesen wie er saßen und auf die er immer wieder stieß, sowohl in Publikationen wie auch auf Vortragsreisen. Heute waren es zwanzig. Wenn er so weiter machen würde, hatte er sich ausgerechnet, würden ihm am Tag vor seinem Ruhestand bei seinem Abschiedsvortrag, dem selbstverständlich die langatmige Laudatio eines ehrwürdigen Lehrstuhlinhabers vorausginge, zweiundsiebzig Menschen, die seine Arbeit mehr oder minder kannten, zuhören. Ein Freund hatte allerdings gemut-

maßt, die Steigerungen seien nicht linear, sondern exponentiell, was die Zahl auf immerhin knapp fünfhundert Zuhörer hochschnellen lassen könnte. Ein Leben Arbeit würde mit einem vollen Raum belohnt. Einmal wenigstens hätte man einen rappelvollen Saal. Aber nur, wenn wirklich alle kamen. Die Teilnehmer würden vor allem auf den Cocktail lauern, der am Ende der Pflichtvorträge stehen würde. Die letzten Takte des öffentlichen Berufslebens würden aus Limonaden, Rotweinen und Eierschnittchentoasts bestehen. Auf der dauerhafteren Seite wären vielleicht eine Schachfigurensammlung, eine jährliche Erholungsreise nach Madeira und ein paar Acrylbilder aus aller Welt zu verbuchen sowie einige das Lebenswerk abrundende Artikel in ihm gewogenen Zeitschriften. Seine jetzt schon unmaßgeblichen Meinungen würden posthum unmittelbar vergessen. Man hatte nichts Außergewöhnliches hervorgebracht, sondern sich und andere annehmbar unterhalten.

Die Dinge hatten begonnen, übel zu laufen, schon seit einiger Zeit.

- „Bei dir ist es wie bei einem Profisportler", versicherte ihm sein bester Freund, hielt seine Hand auf Schläfenhöhe und schraubte eine unsichtbare Glühbirne ab. "Es ist nicht der Körper, es ist was Mentales."

- „Klar ist es das. Wieso auch nicht?", hatte Felix geantwortet. „Warum soll jemand, der mit seiner mens, seinem Verstand, arbeitet, keine mentalen Probleme bekommen? Wo doch selbst Fußballer – man höre und staune - mentale Probleme kriegen können?".

- „Und was ist der Kern deines Problems? Die Einsamkeit deines Berufs? Seine fehlende soziale Relevanz? Dann werd doch Krankenpfleger, das ist auf jeden Fall sozial relevant."

- „Ja, das ist es, aber nicht nur das. Auch diese professionelle Herangehensweise nervt mich. Immer wieder fragt sich unser kleiner Kreis:

was wissen wir schon über dieses oder jenes Thema? Was wissen wir noch nicht? Wo ist also die Forschungslücke? Wir sind Forschungslücken-spürgeräte. Ich komme mir vor wie diese bärtigen alten Spinner in Kalifornien, die den Strand mit Metalldetektoren absuchen um mit stolz geschwellter, braun gebrannter und weiß bewollter Brust dann einen Kronenkorken aus dem Sand zu puhlen. Zugleich komme ich mir vor wie jemand, der sich selbst wieder und wieder ein Stöckchen wirft. Sobald er es geworfen hat, verwandelt er sich in einen Hund, der kläffend hinterherjagt bis er es sich schnappt. Und dann geht das Spiel von vorne los."

- „So eine Halbpension ist doch eine einzige Warterei aufs Abendessen. Morgen früh klau ich mir auch n Baguette und hamstere für die Mittagszeit", meinte Michael, der, aus dem Wasser kommend, den abschüssigen Strand erklomm. Felix war kurz im Meer gewesen. Er war nur ganz langsam geschwommen, im Stehen fast, weil das tiefere Wasser kühler war. Richtig erfrischt hatte es ihn nicht. Er schwitzte noch immer vor sich hin, wischte sich sein Gesicht immer wieder mit einem Handtuch ab und hörte Michael zu, der davon schwärmte, wie es ihm schon am ersten Urlaubstag gelungen sei, voll einen auf dicke Hose zu machen. Felix war eine dicke Hose suspekt, aber allemal war es ihm lieber als seine Seele baumeln zu lassen. Reiseprospekte, die das in Aussicht gestellt hatten, hatte er wütend in den Papiermüll geworfen. Baumeln - das war was für leblose Körper am Galgen. Oder für leblose Penisse am Körper.

Auf dem kleinen Trampelpfad, der zum Camp hochführte, herrschte regelrechter Stoßverkehr. Die Gesprächsfetzen, die man aufschnappen konnte, widmeten sich den Fragen, ob noch Zeit zum Duschen sei, wie lange der Shop im Camp geöffnet sei und ob das Abendessen pünktlich fertig sei.

Wenige Minuten später war Einlass fürs Abendessen. Felix hatte Hunger und war einer der ersten. Rechts waren die kleine Koch-Hütte und die überdachten Biertische, links ein paar Tische im Freien, an denen einige Teamer wie eine Jury saßen und lachten. In ihrer Mitte saß Clement, der Catcher:

- „Hee, ihr da!", rief er dröhnend, „hier kann zum Essen nur rein, wer mir einen Gedanken mitbringt. Na, wie siehts aus, welchen Gedanken habt ihr mitgebracht?", wandte er sich anzüglich an Michael und Felix.

- „Einen Gedanken?", fragte Michael verwundert und etwas unfreundlich.

- „Wie wärs damit", entgegnete Felix, „mein Gedanke ist, dass ich nicht gedacht hätte, dass dich so was interessiert."

- „So, das hättest du also nicht gedacht?", meine Clement und musterte ihn streng. „Aber weißt du, so kommst du hier nicht rein. Ich habe nämlich ausdrücklich nach einem Gedanken gefragt und nicht danach, was du alles nicht gedacht hast."

Felix war nun ein wenig verunsichert. Vor ihm saß das Dreifache einer normalen Körpermasse. Schließlich presste er die Augen scharfsinnig zusammen und parierte:

- „Wart mal, ich hab was anderes, das habe ich gerade heute gedacht. Und das geht so: Der Größenwahn von Napoleon ist kein korsischer, sondern ein ganz und gar französischer."

Warten. Die kleinen Augen schauten Felix emotionslos an. Der Mund darunter sagte schließlich ernst wie ein Scharfrichter:

- „Kannst reinkommen, Doktor. Ich hab ja für solche Spekulationen nichts übrig. Aber ich habe ja auch nur nach einem Gedanken gefragt. Morgen frage ich nach einem, mit dem ich einverstanden bin."

- „Krass, der graue Knabe lebt seine Disco-Türsteherphantasien voll aus", flüsterte Michael.

- „Kannst froh sein, dass ich einen Gedanken gehabt habe, sonst wäre heute Abend bei dir Fasten angesagt", grinste Felix.

- „Wäre das nicht vielleicht besser? Haste gesehen, das sind doch keine Nudeln! Das rechts hier ist eine teilverbackene Nudelkrake und da links gibts sogar schleimig verleimtes Gehirngekröse. Das sind jedenfalls meine Gedanken gerade!"

- „Bei viel frischer Luft schmeckt auch das, wirst du schon merken."

- „Da gibts bei mir in der Postkantine ja besseres Essen!"

- „Aber nicht so frisch. Wieso Postkantine? Ich denke, du studierst Mathe?"

- „Erst seit zwei Jahren. Bin doch schon 29 und Spätberufener. Mein erster Beruf, mit dem ich mein Studium finanziere, ist Postbote. Mann, das hab ich dir doch schon im Bus erzählt."

- „Da hab ich bestimmt geschlafen."

- „Na, du warst ja auch geschwächt. Ich bin fünfter Bildungsweg: erst mittlere Reife, dann ne Lehre angefangen, dann doch noch Fachabi, dann Bundeswehr, schließlich Postbote und Abendgymnasium. Es ist sehr verwirrend. Und schlussendlich hab ich mir ausgerechnet, dass Postbote sein keine so guten Entwicklungs- und Karrieremöglichkeiten bietet, man wird halt nur als Tellerwäscher Millionär, haha. Ich hab mir gesagt - holla, wenn du dir das so cool ausrechnen kannst, dann kannst du auch Mathe studieren. Mathe und Physik für Lehramt in Schulen, Sekundarstufe I. Den harten Teil habe ich schon hinter mir - glaube ich."

- „Oh, du willst Lehrer werden".

- „Aber nicht Lehrer mit zwei „e". Heute Abend will ich im Gegenteil deutlich voller werden. Erst mal will ich deutlich spachteln, und dann treffen wir uns auf der Terrasse meines Bungi, ok? Hab zwei Mädchen eingeladen. Zwei Mädchen, zwei Weinflaschen, du, ich - fürs weibliche Wohl ist gesorgt. Mal sehen, wer noch so alles kommt. Das wird deutlich gut."

Das Abendessen verlief schnell und erstaunlich leise, begleitet nur von den Ansagen der Teamer zu den Cocktails, die man wie jeden Abend an der Campingbar zu sich nehmen könne und darüber, dass sich noch nicht alle in die Job-Listen eingetragen hatten und dass man nur dazu raten könne, das bald zu tun, denn übrig blieben nur die unbeliebtesten Jobs, und die würden dann den Drückebergern aufgedrückt. Als Michael und Felix den Essensbereich verließen, saß bereits eine lange Reihe Jugendlicher wie Perlen auf einer Schnur auf einer der Begrenzungsmauern. Alle mit ihren Handys. „Kopf-unten-Generation" kommentierte Michael sie. Es sah ruhig und meditativ aus. Felix stimmte Michael zu:

- „Es ist doch unglaublich, da sitzen sie alle und arbeiten an ihren Online-Profilen. Und das machen sie freiwillig! Kannst du dich erinnern, wie sehr man in Deutschland früher meinte, eine Volkszählung sei der Anfang einer totalitären Diktatur? Dabei geben wir heute alle in den Profilen von Facebook, Instagram und so weiter weitaus mehr von uns preis!"

- „Aber wir tun es freiwillig."

- „Warum nur?"

- „Keine Ahnung. Ist wohl eher ein Herdenphänomen."

- „Wie meinst du das?"

- „Naja, sag einer Schafherde, die auf der Wiese ist: ‚Hier ist das Gatter, rein mit euch!', dann blöken die trotzig. Du brauchst dann schon einige

Hirtenhunde, die sie da hineinkläffen. Wenn du aber sagst: Schaut mal, bestes Gras und Kräuter! Dann werden einige schnell freiwillig gehen. Die anderen folgen und zwar solange, bis alle drin sind, denn niemand bleibt gerne alleine auf der Weide. Das nenne ich Herdenverhalten."

- „Ich auch. Ist am Ende aber vielleicht nicht ganz freiwillig. Jedenfalls nicht zu hundert Prozent."

- „Genau. Was freier Wille ist, weiß aber ohnehin kein Mensch. Alle wollen ihn, keiner hat ihn. Am Ende haben uns Mark Zuckerberg und die anderen Netzwerk-Bonzen bei den Eiern: Du musst mitmachen, wenn du dazugehören willst."

- „Aber woher kommt dieser Trieb, an seinem eigenen Profil und vor allem an den Profilfotos zu feilen? Die gab es früher doch nicht, diese Selbstdarstellungs-Sucht?!"

- „Doch. Nur die Methoden, die Eitelkeit auszuleben, haben sich verändert. Ich glaube, es hat sich außerdem was verändert mit der Art, wie wir Dinge erleben. Mein Frühstück wird heutzutage erst zum leckeren Frühstück, wenn ich das Foto meines Müslis mit meiner Community geshart habe", behauptete Michael.

- „So was machst du? Krass, dass schon das Frühstück eitel ist. Aber es stimmt. Ich war vor kurzen auf einem Rockkonzert und habe festgestellt: Da wird weder richtig zugehört noch richtig abgetanzt. Das Einzige, was richtig gemacht wird, sind Videoaufnahmen mit dem Handy. Gefühlte neunzig Prozent der Besucher filmen. Sie filmen sich und andere, die auch filmen. Man filmt sich beim Filmen."

- „Quod erat demonstrandum, wie wir Mathematiker sagen."

Als Felix eine knappe Stunde später an den Holzbungalow von Michael trat, saßen Tina und Fred da und nippten an mitgebrachten Getränkedosen. Darauf gebe es hier kein Pfand, meinte Tina vorwurfsvoll. Ob Felix die wilde Müllkippe gesehen habe, die hinter der übernächsten Bucht am Hang liege. Die hätten sie auf ihrer Wanderung heute gesehen.

- „Nee, aber deine Dose kannst du morgen dort wiederfinden, mal mal ein Kreuz drauf, damit du sie wiedererkennst", grinste Felix. Tina grinste nicht zurück.

- „Warum hast du mir nicht gesagt, dass du diese beiden Partykiller eingeladen hast", zischte Felix Michael an.

- „Hab ich doch gar nicht! Das sind meine direkten Nachbarn und als ich ihnen sagte, dass wir hier was trinken wollen, haben sie wortlos ihre zwei Stühle mitgebracht!", flüsterte Michael zurück und riss eine große Packung Kartoffelchips auf.

- „Bist du wieder frisch, du Sportler?" fragte Fred. „Wie kann man in dieser Hitze denn nur so rumlaufen? Sicher musstest du dann eine Stunde lang kalt duschen, um dich abzukühlen!"

- „Ich *hasse* kalte Duschen" ergänzte Tina.

- „Ich auch", bestätigte Michael. „Früher wurde das ja auch empfohlen, um dem Manne sein Mütchen zu kühlen."

- „Ich dachte, lange Spaziergänge", überlegte Felix.

- „Dann machst du mit deinen langen Joggingrunden ja alles richtig", spottete Michael. „Im selben Zusammenhang: Wusstet ihr, dass die Krim-Tartaren stundenlang masturbieren, damit sie nicht kalt duschen müssen?"

Fragende Gesichter.

- „Hä, das verstehe ich jetzt nicht, ...", dachte Fred laut nach.

- „Kleiner Scherz ... auch egal", antwortete Michael, seufzte, verdrehte die Augen und zog einen Korken mit Kraft aus der ersten Weinflasche.

- „Da gomm ich wohl groode rescht", war eine Stimme zu hören. Sie gehörte Mark, dem Sachsen.

- „Stimmt, wir reden von Hitze und Muskeln", antwortete Michael, „wie oft trainierst du eigentlich?"

- „Isch gäh min'stens morgens vor der Orbeit ins Studio, manchmal Obends noch'nmol. Gommt of die Musgelgruppe und den Drainingsplon an: Graft und Aousdauer, ihr wisst schon, monschmol ooch Bewääschlischgeit. Und darauf, ob ich Zeit hab, noddierlisch."

- „Wow, das ist ja richtig aktive Körpergestaltung", rief Michael.

- „Nää, näää, keen Bodybuilding, keene verdrääähten Schuldern, die so noch vorne wondern, und ooch keen Solarium oder Dadduus. Nooch'm Training schon mol ein Brodeinshake, aber sonst nur Spaß dran, dass üsch Liegestütz' mit eenem Arm kann und beim Spinning monschmal an die Dausend Galorien verbrenn'."

Felix nahm das zum Anlass, um sich mit Mark zum Fahrradfahren zu verabreden, entweder direkt am nächsten oder am übernächsten Tag. Zumindest für seinen, Felix' Trainingsplan, war es optimal, mal einen Tag nicht zu laufen, sondern eine andere Sportart zu machen.

Wer nicht erschien, waren die beiden Frauen, die Michael eingeladen hatte.

- „Macht nichts", sagte Michael so leise, dass Tina es nicht hören konnten, „dann sind wir hier eben ne reine Männerrunde."

Die erste Flasche Wein war schon nach der ersten Runde leer, da jeder ein Glas Wein haben wollte, mit der zweiten Flasche wurde die Stimmung noch einmal heiterer.

- „Ich hab zuhause mein Mäuschen", gestand Michael, „aber ich hab ihr schon auch gesagt, dass, wenn sie nicht mitwill, dass das dann trotzdem Urlaub ist. Also mein Urlaub. Da bekam sie augenblicklich hektische Flecken. Was ich ihr damit sagen wolle und so. Und ich dann so: Nichts. Ich sage gar nichts. Sie ist sooo eine Christin. Bin ich selber schuld dran. Sie sagt, sie kann nicht urlauben, weil sie noch für ihre Examina lernen muss. Wenn das mal stimmt!"

- „Oho, studiert sie? Und ist schon fertig?"

- „Was heißt hier 'schon'? Sie ist zwei Jahre jünger als ich, hat aber anders als ich jung angefangen mit ihrem Numerus-Clausus-Fach Pharmazeutik. Ich frage mich, warum sie das studiert. Sie schwört doch eh nur auf diese homöopathischen Zuckerkügelchen, in denen alles ist - nur kein Wirkstoff. Ich denke mal, dass sie hinschmeißt und einen auf Heilkunde macht."

- „Und wieso bist du selber schuld daran, dass sie so christlich ist?", wollte Mark wissen.

- „Weil ich an Religionen und an Transzendenz interessiert war. Da bin ich dann folgerichtigerweise zur Partnerbörse „Christ sucht Christ". Ich wollte weder ein Gemeindemitglied noch eine Sonntagskirchgängerin und das ist sie - gottlob - ja auch nicht. Ganz und gar nicht, also bei Mäuschen geht's ganz schön ab ... wo war ich stehen geblieben? Ach ja: Ich wollte eine Frau, mit der ich über das „Warum" und das „Danach" reden konnte."

- „Warum Sex?" kicherte Fred.

- „Quatsch, es geht ums Leben. Warum leben wir, was sind unsere Ziele, gibt es ein Leben nach dem Tod? Und so weiter!"

- „Jetzt bist du also nicht mehr interessiert an diesen Themen? Was ist passiert?", forschte Felix nach.

- „Naja, mich interessiert das Denken mit allen theologischen und philosophischen Implikationen. Immer noch. Mäuschen gar nicht mal. Sie fragt nicht. Sie redet nicht. Sie macht. Sie hat sich auf die Rituale und die Technik spezialisiert. Zündet Räucherkerzen an, meditiert, hat ein kleines Ying-Yang-Tattoo neben dem Bauchnabel und gleichzeitig ein Kreuz um den Hals und legt außerdem Tarot-Karten. Wir sind beide auf derselben Messingmünze - aber ich bin der auf der Kopfseite, und sie ist die Prägung der Rückseite: das Eichenblatt. So nah und doch so anders. Oder vielmehr ist sie ein Cannabisblatt. Das ist jetzt bei ihr nämlich die neueste Mode: Cannabis und sein Einsatz in der Meditation, Cannabis und sein Einsatz in der Schmerztherapie! Cannabis und die künstlerische Kreativität. Darüber kann dir Mäuschen alles sagen.“

- „Immerhin haste eens“, antwortete Mark mit sorgenumwölkter Stirn.

- „Sie macht es sogar gewerblich.“

- „Marihuana? Echt jetzt?“

- „Nein, sie legt Tarotkarten. Wöchentlich um die zehn Stunden online und in Farbe, und zwar online auf einer homepage. Hat sogar feste Kunden, die immer wieder was wissen wollen. Muss sich aufschreiben, was sie denen schon alles gesagt hat, damit die Tarotkarten sich nicht in Wiedersprüche verwickeln.“

- „Abgefahren!“

- „Naja, mit dem Geld leistet sie einen Beitrag zu unserer Wohnung, das ist schon ganz gut!“

- „Aha! Du glaubst zwar kein Wort von dem, was sie da verzapft, aber dass sie damit Geld verdient, das ist dir lieb und recht.“

- „Ja klar, das ist durchaus förderungswürdig. Ich verteile Briefe bei den Bürgern der Stadt, sie verteilt Karten bei ihren Esoterikern. Ich schwitze, sie schminkt sich. Und so finanzieren wir unsere Wohnung und unsere Studien."

- „Jeder auf seine - und jede auf ihre Weise!"

- „Genau. Ich tröste mich damit, dass es da noch viel Verrücktere gibt als sie. Im Vergleich zu den anderen Propheten auf ihrer Plattform ist sie der reinste Descartes! Ihre Kolleginnen haben mal Karten, mal Pendel, mal Kaffeesätze und dann wieder Wünschelruten."

- „Krass, ich dachte, gerade bei den Wünschelruten müsste man vor Ort sein, um die bösen, kalten Wasseradern aufzuspüren."

- „Nee, nee, das geht jetzt auch online! Handauflegen übrigens auch! Der Markt passt sich hier dem Kunden schon auch ein Stückweit an! Am schärfsten finde ich aber immer noch, dass einige Kontakt mit Engeln und mit Verstorbenen anbieten!"

- „Also noch schwieriger als der Kontakt mit den Verstorbenen ist ja wohl manches Mal der Kontakt zu den noch Lebenden!", überlegte Felix.

- „Find üsch ooch. Und isch will ooch Kontakt mit den Lebenden, am liebsten mit den lebenden Engeln!", schwärmte Mark. „Gann Mäuschen den vermiddeln?"

- „Ich hau dir gleich eine rein!", grummelte Michael, während Fred und Tina einander tief in die Augen sahen und sich küssten.

- „Aber wisst ihr, was mich an diesen asiatischen Philosophien und Religionen stört", nahm Felix den Faden nach ein paar Schluck Wein wieder auf.

- „Dass man immer wiedergeboren wird und aus der Mühle gar nicht mehr rauskommt?", riet Michael.

- „Das auch. Aber vor allem, dass Leben immer nur Leiden ist. Sexualität und Körper sind extrem unbeliebt. Die werden erst unterdrückt und dann durch Meditation sublimiert. Sie werden förmlich wegmeditiert!"

- „Nun mach aber mal einen Punkt. Immerhin gibt es tantrisches Yoga. Da geht es zur Sache. Bis zum Orgasmus."

- „Tja, Michael, ich weiß nicht in welchen Kursen du mit Mäuschen warst. Solche mag es heutzutage ja geben, sie haben aber mit der traditionellen Yoga-Lehre nichts zu tun. In der geht es nämlich darum, die eigene Lebensenergie bloß nicht aus dem Körper herauszulassen. Naa-hein! Dafür ist sie zu schade! Ich hab mal gelesen, was so ein berühmter Yogi vor einem halben Jahrtausend behauptet hat: „Ausscheiden des Samens bedeutet Tod; Bewahrung des Samens ist Leben." Das ist doch bullshit! Sigmund Freud hätte den und alle seine Schüler wegen Triebunterdrückung auf die Couch gelegt. Jahrelang! Das ist sexuelle Nötigung. Oder vielmehr asexuelle Nötigung!!

- „Ui-ui-ui, da kennt sich aber einer aus! Und scheint sich geärgert zu haben!", spottete Michael.

- „Ich könnt mich auuufregen!", regte Felix sich weiter auf. „Die Befriedigung im Geschlechtsakt ist für die eine Vergeudung und ein Hindernis auf dem Weg zum Spirituellen. Eine Illusion."

- „Aber eine recht gelungene, finde ich", meinte Michael abgeklärt.

- „Finde ich auch. Wisst ihr, was das für mich ist? Geiz ist das. Geiz mit dem, was die Natur uns geschenkt hat!"

- "Für mich sind das verklemmte Bubis, die keine Frau abkriegen", rundete Michael ab.

Das war das Stichwort für Mark. Er sei zwar kein Yogi, aber eine Frau bekomme er wohl auch nicht mehr ab. Es gelinge ihm einfach nichts. Kumpel sein, ja, das könne er gut. Die Frau, in die er verliebt war, in die er immer noch verliebt sei, behandele ihn auch nur wie einen Kumpel. Er sei diese Rolle aber so was von leid.

- „Schon komisch", dachte Michael laut nach, „oft ist es ja so, dass man etwas will, was man gar nicht kann. Ich zum Beispiel will gerne richtig gut in Sport sein. Wie du, Mark. Aber ich habe einfach nicht die Disziplin. Und du erzählst uns nun, dass du etwas gut kannst, nämlich Kumpel sein, obwohl du das gar nicht sein willst."

- „Ja, isch will des loswärn. Mir reischt es, ich will nicht mehr in die Gumpelschublade."

- „Ok, das üben wir in den nächsten Tagen mal fleißig."

Felix war anderer Ansicht:

- „Das stimmt zwar alles, aber gib das gute-Kumpelsein trotzdem nicht auf. Was man kann, kann man! Das steht auf deiner Habenseite. Michael zum Beispiel wird schließlich auch nicht dadurch zum Sportass, dass er seine Guitarrenkenntnisse schleifen lässt. Du, Mark, musst die Rolle des Lovers einfach neu dazu lernen und dir aneignen. Die kommt als Topping oben drauf!"

Michael protestierte:

- „Na, na, das hängt hier schon ungünstiger miteinander zusammen. „Freundschaftsfalle" nennen das die Amis. Mark muss endlich mal dieses Umschalten von Kumpel auf Lover lernen. Und erkennen, wann eine Frau schon wieder im Begriff ist, ihn in die Kumpelecke zu stecken. Dem kann man nämlich vorbeugen. Finde ich! Denn zwischen Frauen und Männern geht es doch immer um zwei Dinge: um Signale, die ausgesendet werden und solche, die empfangen werden. Mark, lass mich mal machen! Morgen Abend ist Cocktailparty und da werde ich mir mal deine Signale anschauen und dann werden wir sehen, was sich bei dir tunen lässt. Ma-hark! Häng doch jetzt nicht so un-getunet hier rum!"

Mark saß mit hängendem Kopf und herabgezogenen Mundwinkeln da und starrte in sein Weinglas.

- „Ok, ich jedenfalls würde mich zum Sport-Ass tunen, indem ich meinen fetten faulen inneren Schweinhund besiege, wenn ich einen Wunsch frei hätte. Siehste mal, Mark, du bist mein hero! "

Michael kniff sich in ein kleines Speckpölsterchen an der Hüfte und fuhr fort:

- „Und Mark würde sich zum souveränen Frauenheld tunen, indem er sein schüchternes Wesen umkrempelt. Ganz schön taffe Aufgabe. Aber was ist mit euch dreien? Tina, Fred, Felix, was würdet ihr an euch neu entdecken, besiegen oder optimieren wollen? Was wäre euer Wunsch? "

Tina kniff die Lippen zusammen, schaute kurz in die Runde und schüttelte ihren Kopf so bestimmt, dass klar war, dass sie sich an diesem Spiel nicht beteiligen würde.

- „Ok, also Tina will mehr Offenheit und Selbstkritik wagen", fasste Michael zusammen und lachte so laut und herzlich, dass selbst Tina, die mit verschränkten Armen da saß, zum Mitlächeln gezwungen war.

- „Na, ich schon auch" ergänzte Fred daraufhin schnell und in der Hoffnung, dass man ihn dann in Ruhe lassen werde.

- „Völlig richtig, das sehe ich genauso", prustete Michael, „und zusätzlich: mal von Tina abweichen? Mensch Kinners, seid euch doch nicht so ähnlich! Aber nun zu dir, Felix. Was würdest du gerne an dir anders haben? Was ist dein Wunsch an dich selbst?"

- „Weiß nicht ... "

- „Komm, du kannst drüber reden. Tus einfach. Morgen wird es zwar der ganze Campingplatz wissen, aber der ist dir übermorgen schon egal."

- „Vielleicht..."

- „Nix 'vielleicht'. Du bist dir doch selber nicht so ganz fremd, oder, du alter Schurke? Also was geht? Was geht konkret?"

- „So vieles!"

- „Jetzt druckst auch der hier rum! Also los: es gibt ein, zwei Wünsche, die jemandem wie dir sofort dazu einfallen, das weiß ich genau!"

- „Eine Sache fällt mir ein, die mir ziemlich nachgeht, aber ich weiß nicht, wie ich sie nennen soll. Ich kann euch nur die Situation schildern... „

- „Oh, eine Geschichte? Super, wir hören!"

- „Naja gut. Und das kam so: Letzten Herbst war ich in Frankfurt. Da gibt es unten im Hauptbahnhof doch diese U-Bahn-Stationen."

- „Ich komme ja aus Hanau, die kenne ich", warf Fred ein.

- „Jedenfalls hab ich dort mit dem Koffer gewartet um zum Flughafen zu kommen. Die Wartezeit war recht lang und ich bin dann auf und ab gegangen. Es waren viele Leute da. Kurz bevor mein Zug kommen sollte, sehe ich plötzlich, wie ein alter, weißhaariger Mann zu Boden geht."

- „Was bedeutet das? Ist er hingefallen?"

- „Das war nicht so klar, er ist halb gerollt. Es war wirklich ein Zu-Boden-Gehen. Er war an der Bahnsteigkante und dann ist er die Kante runtergepurzelt. Klingt lustig - purzeln - aber war es natürlich überhaupt nicht. Irgendeine Frau hat auch sofort einen spitzen Schrei ausgestoßen."

- „Und dann kam die Bahn?"

- „Nein. Ich war einer von vier, fünf Leuten, die am nächsten gewesen waren. Wir sind alle zur Bahnsteigkante gerannt und haben gesehen, wie er da unten lag und geistig und körperlich nicht ganz beisammen war. Ein Penner, denn er war sehr schlecht angezogen und ungepflegt. Er wollte sich wohl ein bisschen aufrichten, aber er hatte keine koordinierten Bewegungen. Eilig hatte er es schon mal gar nicht."

- „Und was geschah dann?"

- „Zwei Männer hielten ihm von oben helfend ihre Hände hin. Er konnte sie aber nicht ergreifen, denn er lag ja immer noch auf den Gleisen unten. Ziemlich grotesk: Oben zwei Hände, die sich ihm anbieten, aber in über 2 Meter Abstand zu ihm. Im selben Moment ruft jemand: 'Oh Gott, die Bahn kommt doch gleich!' "

- „Und dann?"

- „Das zog sich hin. Es war abzusehen, dass er noch da unten liegen würde, wenn die Bahn wirklich kam. "

- „Und was hast du gemacht?"

- „Das ist es ja, was ich erzählen will: Ich hatte, wie alle anderen, Angst, nach unten auf die Gleise zu springen um ihn hochzuhieven. Aber das Schlimme war: Es war nicht nur Angst, die ich hatte. Es waren sehr bewusste, sehr klare Gedanken: Mein erster war: Der Typ ist so gaga, der kommt nicht mehr von selber da unten auf die Beine. Man muss zu ihm runterkommen. Mein zweiter war: Wenn das hier das Ende des Bahnsteigs ist und der Zug von der anderen Bahnsteigseite einfährt, dann kann ich es riskieren, runterzuspringen. Denn der einfahrende Zug bremst. Das gibt mir Zeit zum Hochspringen, und zwar selbst dann, wenn der Alte nicht mitmacht. Wenn das hier jedoch der Anfang des Bahnsteigs ist, dann schießt der Zug aus dem dunklen Tunnel in voller Fahrt aufs Gleis ein, dann höre ich vielleicht nur noch das Quietschen der Bremsen und dann sind der Alte und ich tot. Der dritte Gedanke war: Irgendwo da unten ist der Strom für die Bahn. Auch wenn du da selber nicht reinfasst, dann kann der Alte da reinfassen. Dann verglimmst du gleich mit ihm zusammen."

- „Igitt, widerlich", stimmte Tina zu.

- „Ok, aber was ist passiert?", bohrte Michael nach.

- „Das ist passiert: Ich stand da und habe das alles ganz intensiv mitbekommen, und ich habe mich trotzdem nicht bewegt. Ich wünschte, ich könnte sagen, dass ich wie gelähmt war. Aber eigentlich war ich das gar nicht. Andere waren vielleicht gelähmt. Ich stand da und sagte mir: Felix, es ist gefährlich runter auf die Gleise zu springen. Das siehst du so und alle anderen sehen es auch so. Keiner handelt. Und daher wird der Alte gleich überrollt werden."

- „Ok, das vertiefen wir gleich.", sagte Michael. „Wir wollen endlich wissen, wie die Geschichte ausging!"

- „Das ist schnell erzählt."

- „Ja-haa, dann mach mal!"

- „Plötzlich springt ein durchtrainierter Afroamerikaner ... also ein Farbiger ... ein Schwarzer - wie sagt man das denn nun politisch korrekt? - also der springt runter ..."

- „Ist es nicht völlig egal, was der für ne Hautfarbe hatte?", fragte Fred.

- „Das Wort 'Hautfarbe' ist glaube ich auch schon nicht mehr korrekt! Vielleicht sagt man jetzt besser 'stärkere Pigmentierung'? Aber so oder so ist die Farbe wirklich ziemlich egal, sie hat allenfalls meine Perplexität unterstrichen..."

- „Ihr macht mich völlig wahnsinnig!", beschwerte sich Michael

- „Ok, ist ja gut, also der hmhm-Amerikaner ruft was auf Englisch, fasst den Mann um den Körper und zieht ihn hoch. Oben strecken sich den

Beiden nun alle möglichen Hände entgegen. Sie ziehen erst den Alten, fast zeitgleich den Jungen hoch."

- „Und das war die Geschichte?"

- „Ja, das war im Wesentlichen die Geschichte. Der hatte oben einen Kumpel in Militäruniform dabei, scheint also selbst auch ein amerikanischer Soldat gewesen zu sein. Alle, auch ich, waren natürlich total erleichtert über diesen Ausgang."

- „Und du hast dich dann zusammen mit anderen dafür eingesetzt, dass der Mann einen Tapferkeitsorden bekommt", hoffte Michael.

- „Nein. Ich habe dann sehr bewusst wahrgenommen, wann die Bahn kam und aus welcher Richtung: Sie kam nicht von der kurzen Seite, sondern von der anderen, langen Seite und es waren bestimmt noch weitere zwei Minuten. Und das hat mir dann den Rest gegeben. Ich war richtig fertig, denn damit war klar: Das Risiko runterzuspringen wäre vertretbar gewesen."

- „Was willst du dir vorwerfen? Dein Leben nicht riskiert zu haben? Dass es nicht ganz so gefährlich war, konntest du in diesem Moment doch gar nicht überblicken. Und eins ist doch auch klar: Der Mann ist zunächst einmal von selber runtergefallen, wahrscheinlich vollgepumpt mit Alk. Es hat ihn keiner hinuntergestoßen."

- „Und wegen Tapferkeitsmedaille", fuhr Felix fort: „Ja, als Kompensation hätte ich mich dafür einsetzen sollen, dass der Soldat einen Orden bekommt, das habe ich später natürlich auch gedacht und bereut. Aber nicht annähernd so sehr bereut wie mein Verhalten während der Szene."

- „Ich denke, du machst dir da zu viele Vorwürfe", widersprach Michael. „Du bist doch kein Marineinfanterist, der tausend Mal geübt hat, wie man einem verwundeten Kameraden in Gefahr beisteht."

- „Du wärest sicher gerne ein Held gewesen und hättest den Alten gerettet", stellte Mark fest.

- „Ich weiß nicht. Ich wäre vor allem gerne jemand, der sich nicht wie ich damals mit dem Tod eines alten Mannes innerhalb der nächsten dreißig Sekunden abgefunden hatte."

Schweigen.

- „Du hattest Recht", meinte Michael nach einigem Nachdenken, „ich weiß auch nicht genau, wie dein Wunsch an dich selbst lautet. Wahrscheinlich musst nicht du anders sein, sondern die Welt. Die Welt müsste eine andere sein."

- „Leider muss ich dir auch noch was anderes sagen und das wird dir nicht gefallen ..."ergänzte Fred plötzlich.

- „Was denn?"

- „Ich kenne die Frankfurter Verkehrsbetriebe und bin ja Haustechniker ..."

- „Und er fährt außerdem gerne Schiffe und Züge in Simulationsspielen", ergänzte Tina.

- „Ja und?"

- „U-Bahnen, das heißt richtige Metros, haben seitliche Stromschienen. Das ist so eine separate Rille, die nur ein wenig höher als die Gleise verläuft und die mit über vierhundert Volt Starkstrom tatsächlich richtig fies sein kann, wenn man hineinfasst. An die hattest du wohl in dem Moment gedacht."

- „Stimmt genau!"

- „Ist aber falsch. S-Bahnen wie die in Frankfurt kriegen ihren Strom von Oberleitungen wie die Züge der Deutschen Bahn. Das sind Einholmstromabnehmer und die sind oben auf dem Dach. Du hättest also keinen Stromschlag riskiert, wenn du zu dem alten Mann runter gehüpft wärest. Denn da unten gibt es keinen Strom ..."

Body Boards für Studentix

- „Mann-Mann-Mann", läutete Michael den neuen Tag an den Frühstückstischen ein. „Heute wird es heiß, Felix. Da gibts nur eins: wir müssen bewegungslos hier sitzen und Bier trinken. Oder wir müssen ins Meer und den ganzen Tag drinbleiben."

- „Es war schon um halb sieben beim Joggen bestimmt ein paar Grad wärmer als gestern", bestätigte Felix.

Jetzt erst sah Michael, dass Felix trotz Dusche Schweißtropfen über die Stirn liefen.

- „Du warst doch nicht ... oh, du warst doch, also sag mal, gesund kann das ständige Umherflitzen nicht sein, Mann-Mann-Mann! Aber ab jetzt machst du einen mit mir auf dicke Hose. Chillen. Abhängen! Klar? Gönn dir!"

Felix nickte und gönnte sich. Baden und die Hitze aussitzen würde heute das Richtige sein. Fahrradtour mit Mark erst morgen. Immerhin konnte man heute die Räder schon mal anschauen und reservieren.

- „Sag mal, gibt es hier Seeigel? Am roten Meer im letzten Jahr war alles voll!"

- „Nicht viele, glaube ich."

- „Also die Post in Wattenscheid hatte das als Betriebsurlaubsangebot und ich bin mit und hatte direkt ein paar Mal diese weichen Stacheln im Fuß."

- „Mach keine Sachen."

- „Und am nächsten Tag, als der neue Schwung kam, lieg ich so am Strand. Kommt da ne voll fette Trulla mit ihrer Tochter und die so: Mit wem habt ihr gebucht? Auch mit der Post? Und ich sage gar nichts. Und sie so: Oder seid ihr etwa Studenten? Verbringt Monate hier, was? Naja, dafür komme ich drei Mal im Jahr hierher. Aber ich hab gar nichts gesagt, kein' Ton, weißt du warum? Ich sag dir warum: weil ihre dumme dicke Tochter immer tiefer ins Wasser watet, genau an die Stellen, die schwarz sind vor lauter Seeigeln, Babu. Weil ich nämlich auf einen Schrei warte und darauf, dass sie sich mit zwei Seeigeln in den Füßen an den Strand robben muss!"

- „Und?"

- „Ja... keine Ahnung ... nix! Da hat all mein Schweigen nicht geholfen, die wollte einfach in keinen reintreten ... ich selber ziehe die Dinger aber magisch an und deswegen leihe ich mir heute erst mal eine Schnorchelbrille um zu sehen, ob es hier wirklich keine gibt. Und ein Bodyboard!"

- „Das hatten wir doch schon. Warum denn das alles?"

- „Zum Schnorcheln, Boarden und Posen!"

- „Posen?"

- „Erklär ich dir was später!"

Unmerklich war Felix in ein Alter gekommen, in dem er „übrig" geblieben war. Die Freunde von ehedem hatten sich in Pärchen verwandelt, die Pärchen in drei- oder vierköpfige Familien. Mit einigen hatte er den Kontakt fast sofort verloren: die Frauen hatten binnen kürzester Zeit kaum noch soziale Kontakte außerhalb ihrer Babygruppe, die Männer gar keine mehr. Felix hatte um den Kontakt gekämpft. Er besuchte sie und kam mit der Rolle zwischen Onkel und Unterhalter der gelangweilten oder gestressten Paare und ihres Anhangs meist gut zurecht. „Du solltest öfter zu uns kommen", hatten ihm mehrere gesagt. Wenn er dann öfter gekommen war, war es schwieriger geworden, weil es einen Tagesablauf gab, in dem Besucher auch dann störten, wenn sie einen Kaffee zubereiten oder das Kleinste auf dem Schoß behalten konnten, während das quengelnde ältere Kind beruhigt wurde. Es hatte dann nur zwei Möglichkeiten gegeben: Gespräche mit den Kindern oder Gespräche über Kinder. Die Eltern waren in der Regel der Meinung, dass ihre Kinder sich prächtig entwickelten. Es gab gar keine andere Möglichkeit, als sich „prächtig" zu entwickeln, es hieß nicht „gute" oder „annehmbare" Entwicklung, nein, sie war stets „prächtig".

Aber wie war das mit der Paarbeziehung? War sie auch prächtig - oder zumindest mal prächtig gewesen? Felix hatte in seinen Beziehungen nur selten solche Pracht empfunden. Würde das noch kommen? Er wusste nicht, ob er den Frauen gefiel. Jedenfalls bei Weitem nicht so vielen und nicht so sehr wie er sich das gewünscht hätte. Er war schüchtern und nachdenklich, jungenhaft und ziemlich dünn. Die für ihn günstigste Kategorie war « süß ». Seinen bisherigen Freundinnen aber hatte er gut gefallen. Er war es gewohnt, dass sie ihn für seine Geduld, seine Einfühlsamkeit und sein insgesamt annehmbares Wesen mit Gefühlen belohnten, die in mehreren Fällen geradewegs in Ehepläne mündeten. Da die Pläne einseitig gewesen waren, war er mehrfach der Unreife und Liebesunfähigkeit bezichtigt worden. Dieser Vorwurf wäre nur dadurch zu widerlegen gewesen, dass er endlich eine lange Verbindung suchte und fand. Er zuckte die Schultern. Wer sucht denn eine «lange Beziehung»? Man sucht eine «gute Beziehung». So gut und so prächtig, dass eine lange draus werden kann.

- „Ich hab keine Seeigelstacheln im Fuß, aber meine Fußsohlen tun trotzdem irre weh, " jammerte Felix, denn der Sand glühte.

- „Geh lieber deine Schlappen holen, das wird noch heißer. Sonst kommst du nachher nicht mal mehr vom Strand runter, weil du dir die Füße verbrennst", riet Michael.

- „Ach, ich bleibe eh nicht lang. Ich bade mich, lasse mich von der Sonne trocknen und gut is."

Sie gingen zum Strandutensilienverleih, der am anderen Ende des Strandes war.

- „Mensch, schau mal", bemerkte Felix, „Pension Iberia. Das dürfte ein Spanier sein."

- „Und das kommt dir komisch vor?"

- „Genau, auf Korsika erwartet man irgendwie keine Spanier. Die haben doch ihr eigenes Mittelmeer. Die brauchen doch gar nicht hier zu sein."

- „Also das ist jetzt ein bisschen selbstreferentiell oder sogar arrogant. In diesem Fall hast du aber zufälligerweise recht."

- „Siehst du! .... äh, wieso?"

- „Weil der Besitzer nicht Spanier ist, sondern ein Schwar... , also ein Afro-Afrikaner."

- „Und was hat der mit Iberia zu tun?"

- „Rein gar nichts. Aber schau doch mal genauer hin: Da fehlt ein L am Anfang. Das ist abgefallen. Das war mal die Pension Liberia. Lllliberia! Mitdenken, Junge! Und ich dachte, du bist der Kosmopolit von uns beiden!"

Der Verleih hatte tatsächlich ein paar Taucherflossen und eine Brille mit Schnorchel. Michael zahlte für beide, die Gebühr für das Bodyboard teilten sie sich und marschierten erst einmal einige hundert Meter den Strand zurück, immer mit den Füßen im Wasser. Michael war voller Tatendrang und hüpfte mit seiner Ausrüstung über das heranschwappende Wasser.

- „Ich weiß nicht, ob das klappt, sich jetzt wie eine Robbe auf das Board zu legen und von den Wellen nach vorne ziehen zu lassen", nörgelte Felix.

- „Wieso denn?"

- „Na, weil die Wellen viel zu klein sind!"

Michael ließ sich nicht beirren und hüpfte weiter.

- „Klar sind die zu klein", antwortete er. „Ich sag nur: Mittelmeer, hallo!?"

- „Aber warum müssen wir uns das ausleihen, wenn wir es kaum brauchen können?"

- „Wiegt es dir zu viel oder was?"

- „Natürlich nicht, aber wie gesagt..."

Michael seufzte:

- „Du hast sowas von keine Ahnung! Ich könnte sagen, dass ich damit jetzt toll schnorcheln und nach Seeigeln Ausschau halten kann. Aber das ist nicht das, wofür ich sie brauche."

- „Wofür denn dann? Als Flaschenöffner?"

- „So ähnlich. Als Öffner. Warte, ich zeig dir was ich meine."

Er näherte sich einer Gruppe sonnenbadender Strandurlauberinnen, die aus dem Camping sein mussten und rief ihnen fröhlich und mit dem Body Board winkend zu:

- „Sieht nicht so nach Wellengang aus heute! Sonst würde ich euch das Ding hier gerne ausleihen! Aber in der Kombi mit der Schnorchelbrille ist es auch toll, damit zu tauchen. Wollt ihr mal?"

Die Mädchen blinzelten müde hoch und legten ihre Köpfe dann wieder wortlos auf ihren Handtüchern ab. Lahm wie Eidechsen, die sich in die Morgensonne legen, um Bewegungstemperatur aufzunehmen, dachte Felix.

- „Ok", meinte Michael, zu ihm gewandt „ich gebe zu, dass jetzt auch noch nicht die Uhrzeit für Smalltalks ist."

- „Lass uns gehen, das ist peinlich."

- „Elementar, lieber Watson, elementar! Ich treffe immer wieder auf Menschen, die alles Mögliche peinlich finden und denen dabei ganz entscheidende Zusammenhänge entgehen! Es ist nämlich so: Diese Frauen liegen da und hier komme ich mit einem guten Öffner."

Er schwenkte das bodyboard.

- „Wir müssen gesehen worden sein. Erledigt! Und wir müssen gehört worden sein. Fertig! Das gräbt sich in die Hirne ein und ergibt heute Abend wie von selbst Gesprächsstoff. Dann heißt es: Du bist doch der Typ, der uns heute am Strand bei totaler Wind- und Meeresstille zum Wellenreiten und Schnorcheln überreden wollte! Dann denkt keiner mehr an Peinlichkeiten!"

- „Ich beginne zu verstehen, Meister! Dein seltsames Verhalten zwingt Menschen dazu, sich mit uns zu beschäftigen", überlegte Felix.

- „Du bist nicht doof, das hab ich gleich gemerkt!"

- „Es ist wie im Gedicht: Es war als hätt der Himmel, die Erde still geküsst, dass sie im Blütenschimmer, von ihm nun träumen müsst'..:"

- „Ääh ... besser kann man es wohl nicht sagen!"

Gabrielle sagt Hallo

Kurz vor seiner Festanstellung im Institut hatte Felix noch in einer WG gelebt. Sein Mitbewohner hatte, als er auszog, dafür gesorgt, dass Gabrielle einzog. Zuvor hatte er ihm zwar gesagt, er könne sich selbstverständlich aussuchen, mit wem er zusammen wohnen wolle, doch dann hatte er es im Urlaub schriftlich bekommen. Gabrielle habilitiere seit Jahren und stehe nun kurz vor dem Abschluss, ein ruhiger Mitbewohner wie Felix sei da das richtige für sie. Und sie vielleicht eine gute Anregung für ihn. Felix hatte schwach protestiert, wo denn hier die Mitbestimmung sei, hatte er geschrieben, und als Antwort erhalten, wieso, ich dachte, wir hätten drüber geredet vor deinem Urlaub.

- „Hallo!" es war ein sehr festes „Hallo", das Gabrielle ihm beim Einzug zurief. Begleitet wurde es von einer kraftlosen, dünnen Hand und aufmerksamen Augen, die durch eine kreisrunde Nickelbrille blinzelten. Sie stellte sich rasch als nervöse, modische Frau heraus, mit der an gemeinsames Kochen nicht zu denken war. Sie war jederzeit zu einer Diät bereit und hatte den wöchentlichen Putzplan innerhalb kürzester Zeit so ausgebaut, dass Felix ihr vorgeschlagenen hatte, nicht nur die Aktivitäten einzutragen, sondern aus tarifrechtlichen Gründen auch die Freizeit. Sie fand das nicht lustig. Im täglichen Umgang war sie verhärmt, manchmal sauertöpfisch. Abends hingegen, wenn sie sich ausgehfertig machte, machte sie ganz gehörig was aus sich. Ihre langen, ziemlich blonden Haare wurden dann offen getragen und glänzten. Sie war dann nicht mehr dürr, sondern schlank, ihr Schweigen nicht mehr mürrisch, sondern apart. Immer kam sie jemand abholen, den sie strahlend empfing, so als hätte sie sich ihre ganze Kraft für diesen Moment aufgehoben. Es waren verschiedene Freunde, die manchmal auch tagsüber kamen, um etwas abzuliefern oder auch um Gabrielle mit dem Auto abzuholen. Sie verwaltete diese souverän, sorgte dafür, dass immer einer um sie herum war und erzählte von Italien, dem Land ihrer Träume mit den Männern ihrer Träu-

me. Felix stellte sich Gabrielle am Strand höchst cool vor, mit herunterge-lassenem Oberteil, so dass ihre kleinen Brüste in die Sonne schauten, ihre schlanken Beine angewinkelt und schimmernd vor Sonnenöl und ihre Au-gen von einer kleinen runden Nickel-Sonnenbrille bedeckt. Er konnte sich nur schwer vorstellen, dass sie irgendwann einmal verloren gegangen war in der Liebe, dass sie sich einmal verzehrt hatte, gelitten hatte. Doch so musste es gewesen sein, denn sein früherer Mitbewohner hatte ihm er-zählt, dass sie über eine Geschichte noch nicht ganz hinweg und dass dies ein weiterer Grund für ihren Einzug sei. Sie brauche erst mal ein wenig Abstand und werde möglicherweise nur einige Monate bleiben.

In guten Stunden war Gabrielle zu hochwertigen Exkursen zu kom-plexen gesellschaftlichen und psychologischen Problemstellungen und Phänomenen bereit gewesen, die Felix durchaus reizvoll fand und die in den Kreisen, in denen sie verkehrte, für mehr als einen Bewunderer ge-sorgt haben mussten. Sie sprach dann fast druckreif, schaute alert durch ihre Brillengläser, war gleichsam aufgewacht, um einen Teil ihrer inne-ren Gedankenwelt preiszugeben. Das war die Soirée-Gabrielle. Die ande-re war eine, die sich ohne Ende darüber aufregen konnte, dass eine gleichaltrige Frau mit einem zweijährigen Kind früher in die Sprechstun-de des Professors gelassen wurde als sie, Gabrielle, die früher da gewesen war. Und dass diese Frau nicht ihre weiblichen, sondern ihre mütterli-chen Reize spielen ließ, um die Aufmerksamkeit und Freundlichkeit der Umwelt zu entfachen. Verbittert hatte sie das kommentiert mit: „Ja, diese Muttertiere mit ihren Bälgern, die sie einem fast aufdrängen. Diese auf „süß" abgerichteten, stammelnden Dinger ... und dann geben sie Magis-ter- und Doktorarbeiten ab, in denen die Breikleckse dieser kleinen Bies-ter sind, sonst nichts, und erwarten Verständnis und gute Noten und das geht dann im Berufsleben genau so weiter ..." Wenig später war Felix in seine erste eigene Wohnung gezogen.

Felix innere Bedürfnisse zeigten jetzt weniger in Richtung Bodyboard-Walk als Sandburgenbau. Also setzte er sich hin und legte los. Einfach mit den Händen buddeln und aufschütten, sich von oben bis unten vollsuddeln mit nassem Sand, die Sonne auf dem Rücken. Hohe, feste Sandmauern, die der nächsten Flut trotzen konnten. Solange es Spaß machte und bis etwas fertig war. Dann würde er aufstehen und wohlgefällig draufschauen. Mit nach vorne gewölbtem Bauch und den Händen auf den Hüften würde er umherschauen wie alle Männer über 35 am Strand. Und spannen. Eine, zwei Runden sauber spannen. Uraltes Nestbau- und Geschenk-Gehabe. Das Steinzeitweibchen nähert sich, findet den Bau würdig, lässt sich in ihm nieder und dann wird der Nachwuchs gezeugt. Das hatte Felix' bester Freund zum Sandburgenbau kommentiert vor zwei Jahren, auf einem gemeinsamen Urlaub.

- „Ich glaube, du musst immer was tun. Erst mit den Beinen joggen, und jetzt sind die Arme dran. Und das ausgerechnet mit ner Strandburg", sagte Michael mit Vorwurf in der Stimme, setzte sich auf sein Body Board und schaute aufs Wasser.

- „Sandburg, nicht Strandburg."

- „Wow, schau dir das an. Die hat ja einen Körper!"

Felix klopfte die dem Meer zugewandte Seite seiner Burg fest.

- „Wie heißt sie gleich? Die kennen wir doch von heute Morgen. Die mit den gelben Hippyhosen, die vor Dreck starren. Wie anders sie nun aussieht! Mit nackten, unverschmutzten Beinen!"

- „Sie heißt Kate und sie hat einen genauso hübschen Freund, der gleich um die Ecke kommt und dir eine verpasst", sagte Felix.

- „Hier am Strand gibts keine Ecken. Ja, und was haben wir denn da hinten? Holla, ich muss schon sagen, du hast dir haargenau den richtigen Platz für deine Burg gesucht. Da ist sie! Du Schlingel!"

Felix schaute auf. Dreißig Meter weiter stieg eine sehr langhaarige, sehr braungebrannte Schönheit in weißem Bikini in die Fluten. Michael wandte den Blick nicht mehr ab, dann setzte er ein Verführerlächeln auf und rappelte sich hoch

- „Wieso, wer ist das?", fragte Felix.

- „Mir ist so was von heiß, ich muss dringend ins Wasser und mich erfrischen! Ansonsten gilt: Wenn du's heut' ihr kannst besorgen, dann verschieb sie nicht auf morgen. Pass auf meine Taucherflossen auf solange - die behindern mich jetzt bei der Arbeit."

Er griff das Bodyboard, rückte seine Schnorchelbrille zurecht und stürzte sich ins Wasser. Wenige Minuten später konnte Felix sich davon überzeugen, dass Michael tatsächlich ein Gesprächsthema mit der Frau seiner Wahl gefunden hatte. Er hielt ihr seine Taucherbrille hin, sie zog sie an und schnorchelte ein wenig umher, während er auf seinem Board neben ihr blieb. Der quatscht sicherlich auch noch beim Tauchen, unter Wasser, weiter, dachte Felix kopfschüttelnd, und klopfte weiter an seiner Burg.

Eine halbe Stunde später war die Sonne nicht mehr erträglich, Felix winkte Michael zu, der schließlich an Land kam und aufgeräumt von seiner neuen Bekanntschaft erzählte.

Sie holten Tina und Fred ein. Tina hinkte und beschwerte sich, das komme vom heißen Sand, sie habe sich die Füße verbrannt. Michael bot ihr an, im Camp für sie nach seiner Spezialcreme zu suchen, die alles heile, speziell auch Fußsohlen.

- „Aber wenn ich mir eine Bestattung gemerken darf", meinte er dann. „Ich finde es generell toll, dass es hier so einen Wärmeüberschuss gibt. Meine Eltern waren jahrelang auf Sylt mit uns; da müssen die Strandkörbe sorgsam in die Sonne gedreht werden, damit man nicht auskühlt. Da wird um jedes Joule Wärme gerungen. So eine Kälte! Ich hasse Kälte. Sie macht nur Kopfweh."

- „Seit wann macht Kälte Kopfweh?", fragte Fred zurück.

- „Na, schau dir doch mal so Enten an. Wie die da mit ihren Köpflein selbst im November in Deutschland noch unter Wasser tauchen, Schwänzchen in die Höh. In dieses kalte Wasser. Uah! Brrr. Da kriege ich schon Kopfweh vom Zugucken."

- „Du vielleicht, aber die Enten nicht."

- „Doch, bestimmt. Müssen sie doch, diese hirnverbrannten Dinger. Komm, ich lade dich noch zu einem Bier ein. Oder zwei."

Sie setzten sich an die schattigen Tische, die im Eingangsbereich des Camps standen und Felix wartete, bis Michael mit zwei Flaschen aus dem kleinen Supermarkt trat. Er stellte sie auf den Tisch, öffnete dann die zwei an der Kante des Holztisches, so dass die Kronkorken hoch durch die Luft flogen. Er kümmerte sich nicht um sie, sondern setzte sich auf die Bank unmittelbar neben Felix. Sie hatten den Eingangsbereich im Blick. Er hielt ihm eine Flasche zum Anstoßen hin und legte dann seine Hand auf Felix Schulter.

- „Mann, was geht es uns gut. Das ist ein Leben, oder? Und das ist erst der Anfang!"

Felix war es einen Moment lang unangenehm gewesen, Michael so nahe neben sich sitzen zu haben, Bein an Bein praktisch. Dann dachte er, wie schön diese familiäre Atmosphäre war. Schnell gewonnen war sie und sehr brüderlich. Das mochte er. Keinen Unterschied sehen zwischen sich und dem Bruder. Er mochte es und zugleich war er dafür anfällig, das wusste er. Denn es gab bei Menschen keine Garantie, es gab zu viele Entwicklungen und zu viele Beweggründe. Wenn man das weiß, dachte er, wird man lockerer. Dann freute man sich, über die guten Dinge, die einem über den Weg laufen.

Es machte „Pling" als die Flaschen gegeneinander stießen, sie waren eiskalt und jetzt genau das Richtige.

- „Da sag ich mal „Prost-tata" und auf den Optimismus", lachte Michael.

- „Das ist schlecht, ich bin nämlich Pessimist", erwiderte Felix.

- „Pech. Optimisten leben nämlich zehn Prozent länger. Und haben mehr Spaß."

- „Pessimisten werden täglich positiv überrascht. Und: sie haben immer Recht, denn am Ende kommt das Ende. Außerdem ist meine Familie langlebig. Wir sind alle langlebige Pessimisten. Und wir leben intensiver, wir Pessimisten."

- „Come on, intensiv sind bei euch doch nur die Ängste. Nimm dir doch mal zum Beispiel so einen Urlaub. Erst hat so ein Pessimist Angst, dass sein Urlaub doof wird. Und wenn der Urlaub dann wider Erwarten toll ist, ist der Pessimist ganz schnell wieder traurig, weil er befürchtet, dass spätestens der nächste Kacke wird. Am Ende verreist er deswegen nie wieder."

- „Das ist weniger ein Pessimist als ein Feigling", korrigierte Felix.

- „Nimm einfach mal mich", meinte Michael unbeirrt. „Für mich ist jeder Urlaub der tollste ever. Und ich habe keine Angst vor einer Zukunft, in der ich Urlaub mit angehaltener Luft machen muss."

- „Angehaltene Luft?"

- „Ja. Ich, du, wir alle werden die Luft anhalten müssen während wir Urlaub machen."

- „Wegen des Smogs? Wegen des Feinstaubs und der Stickoxide?"

- „Ach was. Weil wir fett, aber immer noch geil sein werden. Wir halten die Luft an und ziehen den Bauch ein, damit die Beach-Beautys ihn nicht sehen. Dass es so kommen wird, kann uns beide jetzt total runterziehen, ich weiß. Aber wir können auch einfach genießen, dass es noch nicht ganz soweit ist."

Das erste Bier war schon fast zu Ende und Felix stand auf, um die nächsten zwei Flaschen zu besorgen. Hier, unter dem Schatten von großen Eukalyptusbäumen, die jetzt im Sommer sicher gegossen werden mussten, war es auszuhalten. Michael schaute sich die Bier-Etiketten an und schüttelte den Kopf.

- „Schau dir mal dieses Design an. Das ist ja von Anno dazumal. Aber gut, hier verkaufen sie es noch. Habe ich dir erzählt, dass ich vor kurzem einen kleinen Job in einer Werbeagentur hatte?"

- „Wir kennen uns seit vorgestern, so viel kannst du mir noch gar nicht erzählt haben."

- „Da optimieren wir die Werbung im Internet. Und zwar mit künstlicher Intelligenz."

- „Oh, Werbung und Intelligenz habe ich bisher noch nicht zusammen gesehen!"

- „Das nennt sich A/B Testing. Wir probieren verschiedene Designs auf der Startseite aus. Mal mit Familienfoto, mal mit ner schönen Blondine, mal mit einem grünen Weiterklick-Knopf, mal mit einem blauen. Dazu dann verschiedene Hintergrundfarben und so weiter."

- „Ist ja Wahnsinn. Was will mir der Autor damit sagen?"

- „Na, dass das total innovativ ist. Da sitzt kein oberschlauer Art Director mehr, der behaupten kann, er wisse, was der Kunde will. Das wird vielmehr direkt an den Kunden getestet. Und weil das viel Vergleichs- und Rechenarbeit ist, machen wir das nicht mehr selber, sondern eine Künstliche Intelligenz. Die misst, bei welcher Variante die Nutzer am längsten auf der Homepage bleiben, bei welcher sie am meisten weiterklicken und so weiter. Und hat am Schluss das optimale Design ermittelt. Kein Mensch weiß, warum es das Beste ist, nur die Maschine weiß es. Beziehungsweise, auch die Maschine weiß es nicht wirklich, denn sie hat keinerlei Bewusstsein und ist außer bei ihren Rechnungen strunzdumm. Sie hat es aber jedenfalls herausgefunden."

- „Das ist gruselig, mein lieber Michael."

- „Fürchtest du Pessimist dich schon wieder? Vor einer übermächtigen künstlichen Intelligenz, die die Macht an sich reißt?"

- „Nein, sondern weil ihr Internetnutzer für Tests benutzt! Ohne dass die wissen, dass sie von euch zu Laborratten gemacht worden sind! Denn bestimmt verschweigt ihr das. Habe ich Recht?"

- „Na klar, das erfahrt ihr User nie! Aber ist das denn so schlimm?"

- „Und wie. Wehret den Anfängen!"

- „Also du bist mir da wirklich zu kritisch. Du willst, wie wir in der Branche sagen, überall Dark Patterns sehen. Das sind böse Tricks, mit denen man die Nutzer manipuliert und hinters Licht führt. Hör mal, wir sind die Guten! Bei uns kommst du in den Genuss von optimierten Seiten im objektiv ansprechendsten Design!"

- „Ach so ist das: ihr und die Firmen wollt das Schöne, Wahre und Gute."

- „So ist es. Und nebenbei damit auch ein bisschen Kohle machen. Ist doch nicht schlimm!"

- „Wohl!"

- „Nimms mir nicht übel, Felix, aber du bist das, was mein Vater üblicherweise einen linksversifften Ökospinner nennt."

- „Also, also ... das ist doch ...", erwiderte Felix grinsend.

- „Wenn es nach euch ginge, dürfte man ja bald gar nichts mehr sagen! Was sage ich „Mann"? Mann oder Frau dürfen nichts mehr sagen, das wäre wohl die politisch korrekte Form, nicht?"

- „Bei den linksversifften Feministinnen schon."

- „Habs nicht so gemeint. Aber du verstehst mich, oder?"

- „Doch, doch. Ich selber finde die Gendergerechtigkeit in der Sprache einerseits nachvollziehbar, andererseits pedantisch."

- „Was zum Beispiel?"

- „Ich musste mir irgendwann eingestehen, dass der Feminismus Recht hat: Wer immer nur „der Arzt" und „der Richter" sagt, denkt nicht daran, dass es auch „die Ärztin" und „die Richterin" gibt. Folglich ist es richtig, beides zu nennen: Arzt und Ärztin. Gendergleichstellung macht andererseits die Sätze oft viel länger und die Sprache umständlich, vor allem im Deutschen, wo Mann und Frau ja auf das Verb am Satzende warten müssen, bis der Satz abgeschlossen ist und verstehbar wird."

- „Das kann man wohl sagen. Und wie löst man dieses Problem?"

- „Gar nicht. In den Sprachanweisung für Bundesbehörden steht, dass man die weibliche Form immer und überall mitnennen muss. Oder man muss „die Studierenden" schreiben, wenn man nicht „Studentinnen und Studenten" schreiben möchte. Ich denke aber, dass man und frau es sich da zu einfach machen."

- „Mir ist das kompliziert genug. Und ich sage voraus, dass die künstliche Intelligenz unserer Firma diese gegenderte Sprache beim A/B Testing sang- und klanglos rausschmeißt."

- „Ganz bestimmt tut sie das. Aber überleg mal: es gibt auch die sexuell Diversen! Solche, die wie ein Mann aussehen, aber im Körper einer Frau leben wollen. Und umgekehrt. Solche, die für eine Weile mal aussehen wollen wie das andere Geschlecht, um es mit ihrem eigenen oder dem anderen Geschlecht zu treiben. Zusätzlich dann noch die Asexuellen. Um nur mal einige zu nennen! Diese ganzen netten Leute werden durch diese zwei grammatikalischen Geschlechter überhaupt nicht erfasst! Im Schriftlichen gibt es daher jetzt auch schon zusätzlich Sternchen und tiefe Unterstreichungen. Da heißt es Student*innen und Student_innen. Seit neuestem auch mit Doppelpunkt - Student:innen.“

- „Oh no! Was für eine Sprachpolizei! Give me a break!“

- „Du stöhnst, aber diese Menschen werden doch sprachlich unsichtbar gemacht durch die geltende, androzentrische Fixierung des Deutschen.“

- „Das ist alles dein voller Ernst, oder?“, fragte Michael zweifelnd.

- „Ich bin nach langer und reiflicher Überlegung jedenfalls zu folgendem Schluss gekommen...“

- „Und der wäre?“

- „In geraden Jahren sollten wir im Plural nur noch von Ärztinnen und Studentinnen sprechen, egal ob Weiblein oder Männlein. Das ist fair und spart Zeit und Tinte. In ungeraden Jahren verwenden wir zum Ausgleich dann die männliche Pluralform. Und für Schaltjahre entwickeln wir eine neue, diverse Pluralform. „Studentonnen“ zum Beispiel. Die müssen ja auch mal an die Reihe kommen.“

Michael kicherte, musste eine ganze Weile überlegen, nahm dann einen Schluck aus der Flasche und blinzelte listig ins Licht.

- „Da merkt man, dass du Volkswirt bist. Ihr könnt alle nicht richtig rechnen. Ihr könnt nicht mal Ausgaben berechnen. Ihr sitzt da und es reicht euch, wenn sie sich nach einiger Zeit aromatisieren, hahaha."

Felix knetete seine Unterlippe:

- „Jetzt bin ich echt betroffen und habe keine Ahnung, warum du solche Gemeinheiten sagst!"

- „Weil die Schaltjahre seit langer, langer Zeit immer auf die geraden Jahreszahlen fallen. Du würdest Frauen und Diverse also in einen Topf werfen, die müssten sich die geraden Jahre miteinander teilen. Der männliche Plural aber käme groß raus. Er wäre in allen ungeraden Jahren dran. Merkste jetzt selber, wa?"

Felix gab Michael die Hand.

- „Danke, das ist dir gerade nochmal rechtzeitig aufgefallen. Du hast mich gerettet. Da bleibt nur eines."

- „Und das wäre?"

- „Eine neue Pluralform, die wirklich alle meint. „Studentix" wird da zum Beispiel ins Spiel gebracht."

- „Was soll das sein? Ein akademischer Freund von Asterix und Obelix?"

- „Eine studierende Person, die garantiert nicht diskriminiert wird, was sonst?"

Felix nahm einen letzten Schluck aus der Bierflasche. Es war gut, dass er so über diese Dinge reden konnte. Sie waren weiter weg. Die Sonne Korsikas rückte alles ins rechte Licht. Er war zufrieden. Jetzt musste er sich nur noch in den ersten der mitgebrachten Romane einlesen und in der Welt, die das Buch entwarf, heimisch werden. Dafür war im Alltag und in seiner von kurzlebigen Texten bestimmten Welt schon lange keine Zeit mehr. So wie auch für ausführliche Gesellschaftsspiele keine Zeit mehr war. Er hatte gehört, dass selbst Monopoly nun in einer Kurzversion angeboten wurde. Ohne Gefängnis. Einer Version, in der man in dreißig Minuten Straßen gekauft, Häuser und Hotels gebaut und sie wieder verloren hatte. Er stand auf.

- „He, wo willst du hin?", fragte Michael

- „Lesen."

- „Den ganzen restlichen Tag jetzt oder wie?"

- „Ich glaube schon", sagte Felix. „Ich liebe lesen. Am liebsten klassische Romane – wenn Zeit dafür ist. Kultur ist geil!"

- „Cool Tours ist geil!", antwortete Michael und grüßte mit der Bierflasche.

Zockerdoktor und Tischtänzer

Felix war kein Frühaufsteher. Er hatte sich Ohrenstöpsel mitgebracht, die er bisher aber nicht gebraucht hatte, denn die ersten Geräusche des Camps störten ihn nicht. Sie waren so sanft wie die ersten Sonnenstrahlen, die auf sein Zelt fielen. Die Ruhe, die angenehme Morgentemperatur und der Plan, mit Mark eine kleine Fahrradtour direkt nach dem Frühstück zu unternehmen, brachten ihn um sieben Uhr auf die Beine. Zu früh, daher schlurfte er erst einmal zum Strand herunter, wo drei Gestalten, die dort übernachtet zu haben schienen, in dünnen Mumienschlafsäcken aufgereiht dalagen. Sie waren nicht zu erkennen, weil ihre Köpfe in T-Shirts steckten. Wahrscheinlich war das ein Schutz gegen den Wind, der ihnen nachts die Haare zerzaust hatte. Leichensäcke sähen nicht so viel anders aus, dachte Felix. Die Säcke vor ihm rappelten sich nun aber langsam hoch.

- „Ich hatte heute in der Früh' Angst, dass eine dieser Strand-Säuberungsmaschinen anrollt", murmelte eine der Vermummten schläfrig. „Wenn der Wind noch ein wenig stärker geweht hätte, wären wir nämlich so mit Sand zugeweht worden, dass der Fahrer uns für Verwehungen gehalten hätte."

- „Nun übertreib mal nicht, deinen roten Schlafsack hätte er schon gesehen", sprach eine weitere Mumie.

- „Der wäre dann aber mit seiner Baggerschaufel vorweg in uns hineingefahren."

- „Ich muss aufs Klo", sagte die dritte Stimme.

Felix ließ seinen Blick mit zusammengekniffenen Augen weithin über das morgendliche Meer schweifen. Er gefiel sich mit diesem Blick. Er fühlte sich wohl mit dem aufmerksamen, erwachsenen Schauen über diese ruhige, blaue Weite. Generationen von Seefahrern haben es jahrtausendelang gepflegt, erst in jüngerer Zeit war es ersetzt worden durch den Blick auf Kompass, Navigator- und Radargerät-Bildschirme. Kein Fischerboot in Sicht. Nah am Horizont ein dunkelblauer Schatten, vielleicht eine Yacht. Nein, hier auf Korsika waren keine Boote mit Migranten aus Afrika zu erwarten. Aber wie viele Flüchtlingsboote werden heute Nacht auf diesem Meer unterwegs gewesen sein? dachte er. Und fanden ihre Insassen, wenn sie nicht jämmerlich im Meer ertranken, hier in Europa das, was sie suchten? Wahrscheinlich kaum einer von ihnen. Kürzlich hatte er eine Reportage über Ureinwohner der Andamanen im indischen Ozean gesehen. Sie sind Jäger. Indien, zu dem die Inseln gehören, hat eine Straße durch ihr Siedlungsgebiet gebaut. Auf dieser Straße soll zwar niemand fahren, aber längst gibt es eine von Touristikunternehmen organisierte tägliche Karawane von Kleinbussen, von denen aus die Festland-Inder ihre Insel-Eingeborenen bestaunen. Die Aufnahmen zeigten halbnackte bettelnde und dreiviertelnackte tanzende Eingeborenenkinder am Straßenrand. Sie vernachlässigen das Jagen, sie können es gar nicht mehr richtig. Lohnt sich auch kaum noch, es gibt immer weniger Wild. Sie wandern ab und siedeln sich in den Slums der kleinen Hafenstädte der Andamanen an. Das ist alles, was die Moderne für sie bereit hält.

Dann erinnerte sich Felix an sein „Erfahrungslernen" in einem Slum in Bombay. Drei Tage hatte er bei einer vierköpfigen Familie auf neun Quadratmetern gewohnt. Neben ihnen und über ihnen und vor ihnen weitere hinduistische, christliche und muslimische Familien auf ebenso wenig Raum. Eins, zwei, drei, vier Eckstein, alles muss versteckt sein: Kann doch aber gar nicht versteckt sein! Wo denn? Wie unprivat und eng es gewesen war, hatte er erst begriffen, als er nach dem Ende des Aufenthalts am Marine Drive, der Küstenpromenade von Bombay, gestanden und auf das arabische Meer hinausgeschaut hatte. Weite. Luft. Klarheit. Ja, er konnte jeden verstehen, der der Enge des Lebens entkommen wollte. Auch wenn es das Leben kostete. Auch wenn danach nur eine weitere Enge auf ihn wartete.

Natasha schreibt Hallo 1

<natasha schreibt:>

Hallo. Ich bin zufrieden, sie kennenzulernen.

Ich wollte mich mit Ihnen verbinden und sie mehr wissen. Ich interessiere mich für Ihr land, und ich will mit lhnen mehr sagen.

Ich lebe in russland. Ich lieb mein land niemals.

Mir 29, meinen geburtstag - den 8September. Ich liebe, zu lachen, zu gehen, die filme zu beobachten, ich liebe die tiere. Ich liebe den charakter sehr, ich liebe die wettkampfe. Ich habe die kinder nicht. Was sie lieben, zu machen? Welche musik ziehen sie vor, zu horen?

P.S. Ich schicke Ihnen meine fotografie. Ich hoffe mich, dass es für Sie angenehm sein wird....

Das war vor einigen Monaten gewesen. Felix hatte geseufzt, als er festgestellt hatte, dass nicht nur Natashas Deutsch, sondern auch ihr Englisch der automatischen Google-Übersetzung total zum Opfer fiel. Eine einsprachige Frau. Er hatte sich trotzdem auf einen Email-Austausch eingelassen. Sie war einfach zu hübsch mit ihren blassen blauen Augen und rotblonden Haaren und ihrem bauchfrei-T-Shirt. Zu angenehm.

Er hatte ihr über sein bisheriges Leben, seine Familie und seine Reisen geschrieben. Eine lange Email. Zugegeben, das hatte er so ähnlich schon mal geschrieben - für andere. Aber gewissenhaft hatte er Fragen zu stellen versucht, die an ihre Themen anknüpften.

<natasha schreibt:>

Hallo Felix. Danke für Ihre antwort.

Ich bin zufrieden, mit Ihnen immer zu sagen.

Wie Sie Ihre zeit verbrauchen?

Mir gefallt es, am Morgen zu laufen.

Ich wartete auf deinen Brief lange.

Du bist auf dem foto schon.

Ich arbeite wie der kommerzielle Vertreter der Waren des Genussmittels.

Sie lieben was Sie machen?

Sie haben viel freier zeit?

Es - mein Traum, um ganze Welt zu gehen. Ich traume sehr.

Ich habe das sehr reine herz.

Ich habe die Familie, ich lebe mit der Mutti, da ich die Schwester habe.

Mein Vater ist gestorben, wenn ich ein kleines Madchen war.

Ich war in den russischen Mannern enttauscht.

Wenn wir sagen, verspreche ich, Ihnen nur die Wahrheit zu sagen und zu bitten, damit Sie mir nur die Wahrheit gesagt haben.

Ich bin zufrieden, Sie kennenzulernen

Natasha!!!!!!!!!!!

Er hatte weitere Fotos von ihr erhalten und ihr dafür Komplimente gemacht. Auf seine Erzählungen und seine Fragen war sie wenig eingegangen. Sie musste die russischen Männer wirklich hassen, hatte er gedacht.

Er hatte sich diese Männer als rotgesichtige, brüllende Alkoholabhängige vorgestellt, die auch die schönste Frau nur zum Wodkaholen schicken.

Am Frühstückstisch war die Stimmung merklich aufgeräumter und vertrauter als zu Anfang. Die Grüppchen und Clübchen standen und saßen enger zusammen, man kommentierte den letzten Abend, die Shakes an der Bar, die Musik und erste Pärchenbildungen. Die Unterhaltungen waren laut. Nicht dass er einen Kater gehabt hätte, aber Felix störte das. Alle sollten zuhören, der Frühstücksplatz war ein Marktplatz der Urlauber geworden. Felix' Stammplatz war frei, links von ihm saßen schon der blondgelockte Philosoph André und seine hübsche Kate, schräg gegenüber hockte die energische Mutter Carla, die immer etwas organisierte und immer alles wusste, mit ihrem Sohn Mio. Ein Blick auf den Teamertisch und auf das, was Michael ihre Groupies nannte, zeigte, dass Michael recht gehabt hatte: Heute saß eines der 17jährigen Mädchen der Hinfahrt neben Teamer Sven und legte sein Köpfchen vertraut auf seine Schulter. Teamer Hassan neben ihnen hatte seine Hand auf der Hüfte eines Mädchens liegen, das seine langen schwarzen Haare kämmte und leise mit ihm redete. Mark setzte sich schwer und wortkarg Felix gegenüber auf die Bank und aß Müsli.

- „Gehd gleisch nochher los", sagte er, „üsch esse mal nüsch so viel, das wird sonst die Hölle auf der Rad-duur".

Felix nickte. Die Sitzbank zitterte und neben ihm nahm Michael Platz, bereits mit Sonnenbrille bestückt, um den Augen das morgendliche Sonnenlicht erträglicher zu machen. Wortlos trank er einige Schluck Kaffee, wortlos aß er einige Scheiben Brot mit Marmelade.

- „Hey, da sind die beiden ja", sagte er und grüßte in die Ferne. „Wo seid ihr denn gestern abgeblieben?"

Zur Felix Überraschung war eine der beiden Britta. Sie war in Begleitung der dunkelhaarigen Schönheit, der Michael die Taucherbrille ausgeliehen hatte. Die trug jetzt ein extrem enges Sportshirt, darunter ihren weißen Bikini. Sie war schlanker und größer als Britta und wurde von ihr als Valeria vorgestellt.

- „Wir haben Abspuulparty gehabte", berichtete Valeria. „Es hate lange gedauerte unde war sehre nass."

- „Einer der Teamer und die drei Jungs, die mit dabei waren, begannen plötzlich, uns mit Wasser zu bespritzen", ergänzte Britta.

- „Klingt nicht sehr fair!", brummelte Michael.

- „Wir haben dann allerdings mit Einweichwasser aus dem großen Nudeltopf gekontert."

- „Am Ende warene wir alle sehre nass und schmuuutzig, auch die Chaare. Wire mussten nochmale duschen", ergänzte Valeria sorgfältig und strich sich durch ihre Haarpracht. Es musste sehr lange gedauert haben.

- „Und wir waren nicht dabei", sagte Michael leicht vorwurfsvoll und etwas verträumt, weil er sich die Frauen in klitschnassen T-Shirts vorstellte. Und in der Bar wart ihr später auch nicht, da habe ich nach euch geschaut, als wir unsere zwei Flaschen Rotwein hinter uns hatten."

- „Ja, sorry, wir sind mit einer größeren Gruppe weiter gezogen, unten am Strand gibt es ja auch noch was zum Trinken, auch wenn es heißt, dass man da ab elf keinen Lärm mehr machen darf, erklärte Britta. Felix schaute sie an und sie ihn:

- „Übrigens-Britta, du bist gar nicht mehr so rot."

- „Hab auch eine gute After-Sun-Lotion, sagte Britta. „Was macht ihr heute?"

- „Radfahren, sagten Felix und Mark gleichzeitig,

- „Jet-Ski, sagte Michael, das macht bei der Hitze mehr Spaß. Noch mehr mit Wellen.“

- „Naja, antwortete Britta.“

- „Was hast du denn da für eine Uhr?“, wollte Felix von Valeria, die neben ihm stand, wissen. „Sieht genauso aus wie meine. Hast du die auch für zehn Euro bei McDonalds bekommen? Die ist feist, schau mal. Mit Stoppuhr! Guck!“

- „Nein“, sagte Valeria verstimmt, „das iste originale G-Shock!“ Das R in original rollte dabei kernig. „Das siehte man doche! Nur die Farbe iste ähnlich. Aber jetzte nehmen wir Frühstücke. Nichte, Britta?“

- „Sie heißt Übrigens-Britta, und nicht Nichte-Britta“, korrigierte Felix und fand sich lustig. Valeria schaute himmelwärts und ging zum Frühstücksbufffet.

- „Woher gommst du?“, rief Mark ihr nach und schaute Felix vorwurfsvoll an, weil es nun nicht mehr nach einer Fahrradtour zu viert aussah.

- „Ich kann beim Jetski eine hintendrauf mitnehmen“, rief Michael den Frauen nach. Und dann, den Männern zugewandt, und mit beiden Händen eine weibliche Silhouette nachmalend: „Ma che cosa sta succedendo? Valeria kommte ause Italiene, naturalmente! Molto bella! Ein bisschen extravagante sogar! Britta non tanto, aber Britta hat Formen! Sie ist mehr so ein outdoor-Mädel. Cool. Aber Valeria ist hot!“

Natasha schreibt Hallo 2

Eigentlich hatte er sich ausgiebig schriftlich mit ihr unterhalten wollen, als ihre siebte Email gekommen war:

<natasha schreibt:>

Hallo mein susser engel Felix!

Ihre Briefe sind so schon, dass zu mir wunschenswert ware, zu schreien zu weinen.

Es ist einige Trane nicht vom Brennen, du-die Trane des gluckes. Ich kann nicht ubergehen soviel ich glucklich bin. Wir werden einander, wir werden zart sein. Es wird die nicht vergessene Nacht. Wir werden sie uns ganzes Leben erinnern. Ich denke an du innerhalb ganzes Tages.

Sie fuhlen es? Ich weiss es.

Du werden der glucklichste Mensch auf Grund. Ich weiss es. Es-unsere Chance, und wir werden es nicht versaumen.

Ich traume, in deinen handen zu sein.

Ich LIEBE Sie! Ich LIEBE Sie! Ich LIEBE Sie!

... ok..., hatte er zu sich gesagt. Es war mit der Erleichterung verknüpft, die ein Pokerspieler hat, wenn der Gegenspieler mit dem deutlich besseren Blatt die Karten zu früh auf den Tisch legt. Verschmerzbar. Ein bisschen Pech gehabt - kein Weltuntergangs- und kein Gott-warum-tust-du-mir-das-an-Pech. Er hatte freundlich, aber zwanzig Grad kälter geantwortet.

Alle Liebesgeständnisse haben jedoch Folgen. In diesem Fall war ihr nächstes Email auf die Notwendigkeit eines Visums zu sprechen gekommen, um ihn, Felix zu besuchen. Begleitet war es von etlichen organisatorischen Details und dem Versprechen „In uns werden alle gut sein, wir werden die schone familie haben. Ich will mit Ihnen die Liebe auch mieten. Unsere erste Nacht wird am leidenschaftlichsten sein."

Felix hatte ihr daraufhin geschrieben, dass er erfreut sei. Und auch überrascht. Weil er sie ja nicht eingeladen habe. Dass er sie eigentlich zuvor noch besser habe kennenlernen wollen.

<natasha schreibt:>

Felix,mein vorliegender freund,

Ich verstehe dass du erschrocken bist.

Ich machte den grossen fehler. Du willst nicht mir schreiben? Ich habe dich betrubt?

Ich verausgab wie auch du viel zeit und geld auf den verkehr mit dir.

Ich dachte nicht dass es problem wird. Ich schrieb dass ich das visum machte. Ich habe die geldliche Schuld fur meine freundin. Ich wollte nicht dich erschrecken. Ich wollte nicht dich verlieren.

Jetzt soll ich dich noch einmal bitten, mir zu helfen.

Ich schreibe die Information fur Western Union.

Fur dieses Ziel muss es die nachste information fur sie wissen:country-Russia, city - Kirov,

Name: Natalia;Lastname:Klanisova

Meine adresse in Kirov:

Zip code:610030

Street: Soviet

House:22-188

Natalia-ist der Name das in den dokumenten geschrieben.

Natasha nennen die Freunde und die Familie.

Mir geben das Visum in 10-19 tagen. Aber ich soll schnell zahlen.

Das wert daneben 317 euro.

Ich sehne mich ohne Sie!

Ihren Natasha

Die Räder waren stabile Mountainbikes mit 21 Gängen. Die Empfehlung war, zunächst einige Kilometer auf der normalen Küstenstraße zu fahren und dann später rechts einen ungeteerten Weg zu nehmen, der schneller in die Berge hoch führte. Beide hatten sie einen kleinen Rucksack mit Wasserflasche dabei, aber nur Felix hatte eine Mütze. Der Verkehr war morgens so gering, dass sie nebeneinander her radeln konnten, zunächst den Hang hinab bis an die Grenze des Strandes. Felix bemerkte erst beim Anstieg, dass der Sattel zu niedrig eingestellt war, aber das war nun egal: sie waren unterwegs und jetzt musste einfach mal eine Weile getreten und geschwiegen werden. Es waren bereits über 25 Grad, so dass wenige Minuten genügten, um den ersten Schweiß zu vergießen.

- „Je später wir zurückfahren, desto mehr Sonne und Hitze werden wir auf der Strecke haben", stellte Felix fest, blinzelte und schaute nach oben, wo sich die Straße mit einigen Windungen den Hang hoch und über die erste Anhöhe quälte.

Schon nach der ersten Windung war Mark in dem Vorteil, den ihm seine gewaltigen Oberschenkel verschafften. Während Felix im Stehen bereits allen verfügbaren Druck auf seine Pedale gab und an seinem Lenker riss, war Mark im Sitzen und mit konstantem Tempo schon bald hundert, dann zweihundert Meter voraus und schließlich hinter der nächsten Serpentinenwindung verschwunden. Fünfzehn Minuten später, dort wo die Straße eine Anhöhe erreichte und einen Blick in die nächste Bucht frei gab, saß er verschwitzt und gut gelaunt auf einem großen Stein und begrüßte den heranschnaufenden Felix. Diese Szene sollte sich im Laufe der nächsten zwei Stunden wiederholen. Sie hatten die unasphaltierte Straße in die Berge verpasst und fuhren auf der geteerten Straße nun von Bucht zu Bucht. Oben wartete Mark auf Felix und befragte ihn süffisant nach seinen Marathon-Plänen. Zum Glück waren da aber auch die Abfahrten. Hier ließ umgekehrt Felix Mark weit hinter sich.

- „Sind deine Bremsen nicht ok?", fragte er Mark besorgt, als dieser zittrig den Abhang herunter kam.

- „Doch. Schon."

- „Was war denn los?"

- „Nüscht. Isch kann des nüsch."

- Hä? Das verstehe ich nicht. Wenn eine Steigung kommt, gehst du ab wie Schmidt's Katze, und jetzt, wo ein Abhang kommt, schaltest du auf Zeitlupe um. Was ist los mit dir?"

- „Üsch fühl müsch unsüscher."

Erst auf näheres Nachfragen erfuhr Felix die Hintergründe. Mark machte wöchentlich mehrmals Spinning auf den Ergometern seines Fitness-Studios und hatte daher ordentlich Kraft in den Beinen. Was er nicht machte und konnte, war Fahrradfahren. Kurven und Geschwindigkeiten konnte er nach eigenen Worten schlecht abschätzen und zog es daher vor, mit dreiviertel angezogener Bremse ins Tal zu schleichen.

- „Wow, du bist mir ja ein Bergprofi. Bergrauf immer - bergrunter nimmer. Über die Gesamtstrecke fahren wir dieselben Zeiten, nur nie neben- und miteinander", scherzte Felix. So gehe es ihm auch sonst, gestand Mark bei einer längeren Rast. Er habe andere Geschwindigkeiten. Mal zu schnell, mal zu langsam für die anderen.

- „Ist doch nicht schlimm", fand Felix.

Mark fand es doch schlimm. Er sei ständig in Bewegung und auf der Suche und trotzdem alleine. Vor allem mit den Frauen klappe es gar nicht. Was habe er nicht alles für seine letzte Flamme getan. Ihr Rad repariert, ihr beim Umzug geholfen, beim Streichen. Sie habe alles freudig mitgenommen und angenommen.

- „Sie hat mir eene Pralinenschachtel geschenkt, eene Fingerhantel und eene Einladung zum gemeinsamen Kochen, die üsch noch nüsch eingelöst hab und ooch nüsch mehr einlösen werd. Denn als die Möbel uffgestellt waren, kam ihr alter Freund zu ihr zurück, die faule Sau."

Felix schaute mitleidig auf Mark. So viele Muskeln - und trotzdem überhaupt nicht attraktiv. Es wirkte, als säßen die blassen Muskelpakete allesamt schief und verkrampft auf seinen Knochen, seine Lippen waren groß und rissig und an den Schläfen zeichnete sich eine cholerische Ader ab. Sein roter Kopf mit den Sommersprossen und den dünnen Haaren war wie vertrocknet.

- „Du hast es doch gestern Abend selbst gesagt: Du warst bei ihr in der Freundes-Schublade, nicht in der Lover-Schublade", sagte er barmherzig.

Mark nahm kleine Schlucke aus seiner Wasserflasche und wurde lauter. Lauter und unglücklicher.

- „Jo, wir ham nüsch gefickt. Gefickt hat sie ihr'n Typen. Do is ne Fick-Schublade für die coolen Magger, denen sie hinterherläuft und denen sie die Hemden büschelt. Und ne Knescht-Schublade für die, die blöd genug sind, imma für se do zu sein und was für se zu duun. Für misch. Für misch reischt een warmer Händedruck."

- „Na, das hat dir eben nicht gereicht, sonst wärst du doch nicht sauer auf sie. Und das ist ja auch sehr gut nachvollziehbar."

- „Fotzen, sie alle!", sagte Mark so hasserfüllt, dass es Felix kalt den Rücken herunterlief. Er erinnerte sich daran, wie er in zwei Lebensphasen an die Freundschaft mit Frauen geglaubt hatte, die aber eine Liebesbeziehung mit ihm gewollt hatten. Er gab zu, dass beides hässliche Frauen gewesen waren, so dass er schlicht und einfach nicht auf weiterführende Gedanken gekommen war. Andererseits hatte er kein schlechtes Gewissen gehabt: er war der Meinung gewesen, dass er nicht mehr genommen als gegeben hatte. Er hatte nur konstant geglaubt, der Name des Deals sei 'Freundschaft' und nicht 'Liebe'. Die eine gab sich ihm zu erkennen, als er sich in eine andere verknallt hatte - mit kleinen Eifersuchtsszenen, die Besitzansprüche signalisierten. Die andere wollte ihm beweisen, dass er in Wirklichkeit ebenso verliebt war wie sie in ihn: Er habe sie doch immer wieder in Kneipen eingeladen, und das tue man nicht, wenn man nicht 'mehr' von einer Frau wolle. Felix hätte ihr sagen mögen, dass er sie nicht eingeladen hatte, sondern dass sie sich einfach mal in einer Kneipe verabredet hatten. Er hätte hinzufügen können, dass sie dort mehrfach so umständlich und so erfolglos in großen Taschen nach ihrer Geldbörse gefahndet hatte, dass er ihr Mineralwasser ohne Kohlensäure schließlich entnervt mitbezahlt hatte. Aber das sagt man ja nicht. Stattdessen hatte er nur den Kopf geschüttelt.

Die Rückfahrt fand bei über dreißig Grad im Schatten statt. Die Luft über der Straße flimmerte und schien einige der Blätter in den Sträuchern leicht zu bewegen. Mark, der seine 1,5 Literflasche Wasser schon aufgebraucht hatte, begann nun auch an den Steigungen zu schwächeln, wie Felix mit Genugtuung feststellte. Er blinzelte freundlich zu Mark herüber.

- „Ist sie hübsch?", fragte Felix.

- „Ja, se iss ne hübsche Schlampe und das weeß sie ooch."

- „Du hast, weil sie nun mal so gut aussieht, wahrscheinlich gerne etwas für sie getan. Du hast ihr Kredit gegeben, bist sozusagen in Vorleistung getreten. Aber schon klar: Wenn sich dann keine entsprechende Rendite ergibt, stehst du natürlich blank da."

- „Aha, soll üsch se was unterschreib'n lossen?"

- „Quatsch! Aber du musst dir zu einem frühen Zeitpunkt und vor allem sehr nüchtern anschauen, ob du für deine Investitionen an Zeit und Gefühlen auch was zurück kriegst. Und dich dann konsequent verhalten."

- „Ok, also sach üsch: Fräulein, du schuld'st mir noch wos. Und heute ist Zahldach! Een mol Anschtrisch ist zwee mol Ficken."

- „Eher nicht!"

- „Ich genn den Wechselgurs halt nüsch. Drei Mol? Vier Mol?"

- „Nein, Unsinn! Wenn dir danach ist, kannst du sie nach dem Anstreichen bei der Verabschiedung mal etwas fester als sonst umarmen und wirst dann sehen, ob und wie sie darauf reagiert. Oder du beobachtest sie einfach scharf, und wenn außer einem unverbindlichen Lächeln, das du erwähnt hast, nichts weiter kommt, war es das halt für dich. Dann ziehst du dich direkt und konsequent zurück. Tut weh und ist nicht schön, aber besser als das Weitermachen."

- „Genau das moch üsch doch jetzte", erwiderte Mark trotzig.

- „Wirklich? Du wirst also nicht zu ihr gehen, wenn sie dich zum Essen einlädt?"

- „Weeß üsch nüsch ... sie lädt misch sowiesö weniger zum Essen als zum Gochen ein ..."

- „...und vielleicht kommt ihr Freund zum Essen dazu ...“

- „Och nää, des wär ja was!“

- „Daher mein Rat: Wenn sie das mit der Einladung wahr macht, dann sag ihr, dass sie jetzt, wo ihr Freund wieder da ist, doch lieber mehr Zeit mit ihm verbringen und lieber mit ihm kochen soll. Damit machst du ihr auch elegant klar, dass sie sich daneben benommen hat.“

- „Üsch gloob, sie hat das mit der Einladung schon vergessen...“

Sie waren im Camp zurück.

Natasha schreibt Hallo 3

<felix schreibt:>

Liebe Natasha, liebste Natasha, ich bin ja so froh, dass ich dich verstanden habe. Das ist überhaupt das Allerwichtigste einer Beziehung: dass man sich versteht. Ja, ich werde zu Western Union gehen. Ich glaube am Bahnhof gibt es ein Büro. Vielleicht schaffe ich es heute Abend dort hin. Ich habe viel Stress in dieser Woche, aber ich freue mich auf dich und auf deine Briefe. Morgen sage ich dir Bescheid. Es ist wichtig, dass wir uns besser kennengelernt haben! Und ich freue mich sehr auf die Zukunft. Freust du dich auch auf die Zukunft?

Küsse und Küsse, Felix.

Ganz gewiss hatte Natasha sich auch auf die Zukunft gefreut. Sie schickte sogar mehr Fotos. Dann hatte Felix ihr mitgeteilt, dass er die 317 Euro für das Visum überwiesen habe, die sie nun nur noch abholen müsse.

<natasha schreibt:>

Lieber Mann Felix, Ich heute bei Bank. Aber Western hat des Geldes nicht.

<felix *schreibt:>*

Du Holde. Du Liebliche. Ich habe des Geldes überwiesen. Ich verstehe nicht, wieso du es nicht bekommen hast. Des Geldes ist nicht mehr hier auf meinem Konto, es ist schon in Russland! Ich schlage vor: wir beide gehen morgen zu Western Union und fragen nach, was falsch gelaufen sein kann. Ja? Ich liebe dich so sehr, so sehr so sehr.

Aber auch der nächste Tag hatte nicht das von einer Seite so dringend erwünschte Ergebnis zur Folge gehabt.

<felix *schreibt:>*

Oh Geliebte. Oh Stern meiner Nächte. Ich habe heute gefragt und ich habe des Fehlers gefunden. Geh bitte morgen ein weiteres Mal. Die Zahl war falsch. Ich hatte bei Western Union die achte Zahl des Codes falsch eingetragen und schicke sie dir jetzt richtig. Bitte korrigiere!

<natasha schreibt:>

Nein, nicht geschehen. Zahl immer falsch.

<felix *schreibt:>*

Das verstehe ich nicht, des Geldes wurde bei mir abgebucht! Bist du dir ganz sicher?

<natasha schreibt:>

Nein, ich war Bank nochmal, nichts wissen.

<felix *schreibt:>*

Freude meines Lebens. Es tut mir sehr leid. Geld weg! Du kein Geld. Ich kein Geld. Was nun? Weißt du, was ich ganz fest glaube? Am Ende ist Geld nicht wichtig. Wichtig ist nur die Liebe! Du und ich, wir sind wichtig! Unsere Liebe ist wichtig. Findest du nicht auch?

*<**Natasha** schreibt:>*

Du das stumpfe Tier! Ich glaubte dich.

*<**felix** schreibt:>*

So warte doch, Nathashalein! Bitte! Ich habe heute des neuen Geldes bekommen und ich habe es dir geschickt. Mehr Geld sogar, damit du schnell nach Deutschland kommen kannst. Hier sind alle Daten: Du musst noch einmal zu Western Union gehen. Das wird leicht sein, denn sie kennen dich dort ja schon. Ich hoffe, du verstehst mich!

Sie hatte zum letzten Mal geschrieben. Sie hatte verstanden. Und er hatte sich gerächt – bei wem auch immer. Er hatte einige Tage zuvor ihren Namen und ihre Adresse auf einer Watchlist im Internet gefunden, die „romance scams" auflistete, Liebesbetrüger. Hätte er auch gleich drauf kommen können – und nicht erst nach ihrem unmotivierten Liebesgeständnis aus blauem Himmel. Da stand sie mitsamt ihrem genauen Namen und ihrer Adresse, sowie Berichten von enttäuschten Westeuropäern, die ihr wirklich Geld geschickt hatten. Und mit einigen Fotos, die jeweils sehr attraktive, aber völlig unterschiedliche Frauen zeigten. War offenbar für jeden was dabei. Wer weiß, wie sie wirklich aussah.

Felix hatte tief durchgeatmet und sich wie ein vom Leben gestählter Seefahrer gefühlt. Jemand, der Fehler gemacht hatte, der sie aber erkannt und ziemlich souverän behoben hatte. Der sich nicht wiederholen würde.

Der Weg zum Zelt führte Felix an Marks und Michaels Mini-Bungalows vorbei. Michael lag rammdösig und auf zwei Stühlen verteilt auf seiner Mini-Terrasse und schaute sie müde an.

- „Mannomann, ihr Profis habt ja Nerven! Bei der Hitze auch noch, ihr müsst euch jetzt erst mal rehydrieren mit zwei, drei Liter Wasser und zwar schnell."

- „Alles cool - ok, nicht ganz so cool, eher hot", antwortete Felix und zeigte auf den Sechserpack Wasserflaschen, den er in der Hand hielt. „Wie war es denn bei dir?"

- „Jetski-Miete kostet ein Schweinegeld, war aber geil. Wenn das Teil über die Wellen düst, kriegt man ganz schöne Schläge in Schultern und Arme. Hätte nicht gedacht, dass das so abgeht. Geiler noch wäre es gewesen, wenn Valeria mitgeritten wäre. Oder Britta."

- „Sind sie? „

- Nö, sie waren da, aber sie meinten, das Ding mache ein Riesengetöse und fahre außerdem nirgendwo hin. Es sei nutzlos. Ich habe ihnen dann gesagt, dass das Ding nur dann nutzlos ist, wenn sie nicht mitfahren."

- „Und dann?"

- „Sind sie trotzdem nicht aufgestiegen. Ich mache ab jetzt nur noch Body Board, ich schwör! Jetzt habe ich hier in meinem Bungi erst mal eine kleine Verschnaufpause und ein Nickerchen eingelegt", sagte er lakonisch. „Deutlich lieber wäre mir ja eine kleine Schnaufpause und ein Fickerchen gewesen ... aber Bella Valeria will nicht ... noch nicht."

- „Heut' Obend ist Strandbaaty und abzabbeln", meinte Mark fröhlich, „do werden die Garten neu gemischt."

Bald schon merkte man, dass die Vorbereitungen anliefen. Die Leute kamen früher vom Strand zurück, um Zeit für das Styling zu haben. Direkt nach dem Abendessen sollte es losgehen. Felix hatte sich für das heutige Tellerwaschen eingetragen und war sich ziemlich sicher, dass es heute nicht auf eine Abspülparty mit neckischen Nassmachspielen hinauslief, sondern auf einen regulären Abspüldienst, den jeder so schnell wie möglich hinter sich bringen wollte. Er hatte ohnehin Pech gehabt, denn er war mit Carla und Mio zusammen angemeldet, wie Mark schief grinsend festgestellt hatte.

Forschung berät 1

Die gleichaltrigen Kollegen hatten sich das Erklimmen der insgesamt eher bescheidenen wissenschaftlichen Karriereleiter und der damit verbundenen Insignien des Erfolges wie Professorentitel, Lehrstühle oder Projekt- und Abteilungsleiterstellen für leitende Wissenschaftler wie selbstverständlich als Ziele auserkoren. Felix hatte sich nicht eingereiht. Einerseits wollte er nicht, denn seine Zweifel an Beruf und Berufung waren zu grundsätzlich. Andererseits konnte er nicht. Er war nicht geeignet. Er war zwar stark im wissenschaftlichen Dialog, konnte aber keine langen Monologe führen, denn er verlor sich in ihnen. Und war Wissenschaft nicht meistens ein Monolog? Er war gut im punktuellen Erkennen, für eine systematische und strukturierte Analyse fehlten ihm jedoch sowohl die Methodik als auch die Begeisterung.

Aufmerksam hatte er den raschen Aufstieg eines nur wenig älteren Kollegen verfolgt. Sie waren beide in einem gemeinsamen Forschungsprojekt gewesen, in dem sie sich ziemlich zerstritten hatten. Felix hatte die

Entwicklung im Industriesektor eines Landes im Schlussvortrag nüchtern als hoffnungslos analysiert, sein Kollege hingegen hatte unzählige Lichtstreifen und Ansatzpunkte erkannt und viel Applaus erhalten. Rückfragen, die auf Probleme hingewiesen hatten, hatte er nicht wirklich beantwortet, aber scheinbar fair zunächst als „berechtigte Einwände" und dann als „work to do" und „things ahead" in seine Prognose aufgenommen. Zweifel an dem von ihm vorhergesagten Boom hatte er mit einem „Wissen Sie, ich bin Optimist" gekontert.

Das war fast zehn Jahre her. Felix wusste heute, dass er damals die Lage und die weitere Entwicklung deutlich treffender beurteilt hatte. Keine Spur vom vorhergesagten Boom. Nicht ein Hauch. Zunächst haderte er damit. „Die Wahrheit ist wieder einmal nicht gehört worden", hatte er bitter zu sich gesagt und sich wie eine männliche Kassandra gefühlt. Dann hatte er seinen Kollegen darauf angesprochen und mit offenem Mund da gestanden, als dieser leichthin geantwortet hatte:

- „Siehst du, hätten sie damals auf unsere Empfehlungen gehört, stünden sie heute ganz anders da!"

Das mochte eine Verdrehung sein, und doch hatte der Kollege in diesem Satz alles gesagt, was zu sagen war: der Auftrag damals war tatsächlich gewesen, Empfehlungen auszusprechen und der Kollege hatte ihn erfüllt, während Felix sich angesichts der deprimierenden Lage kaum im Stande gesehen hatte, ein Körnchen der Hoffnung zu sehen und zu säen. Sein Kollege war es auch gewesen, der die Stimmung im Saal verstanden und aufgesogen hatte, der die Kommentare und Fragen geordnet, sie miteinander verwoben und sie moderiert hatte. Er hatte auf brillante Art und Weise eine Geschichte erzählt. Von einem Land mit einem Industriesektor, in dem Milch und Honig fließen. Fließen können. Wenn, ja wenn man seine jetzt folgenden Empfehlungen umsetzt! Der Kollege hatte Sinn gestiftet. Er hatte Wissenschaft kommuniziert. Dafür war man ihm dank-

bar, damals wie heute, auch wenn es damit einher ging, über einige Fak-
ten und Ereignisse hinweg zu erzählen. Felix hingegen hatte beschrieben,
hatte argumentiert und einige wenige karge Schlussfolgerungen gezogen,
die relativ unappetitlich im Raum gestanden und gestört hatten.

Am Flughafen hatte Felix damals einen Blick in den alten Reisepass
des Kollegen geworfen. Auf dem Foto hatte ihn ein langhaariger Alpaca-
pullover-Träger mit John Lennon Brille angeschaut - eine ganz andere
Person als der aktuelle Senior-Wissenschaftler mit Façonschnitt, randlo-
ser Brille und Diplomatenköfferchen.

- „Wie?", hatte der ihn überrascht gefragt, „hattest du nicht auch so
eine Phase?"

Teamer Hassan saß mit langen, lockigen und feuchten Haaren auf einer
der Bänke. Er hatte ein schickes helles Baumwollhemd an sowie Leder-
hals- und Armbänder. Heute ließ er sich nicht nur kämmen, sondern zur
Feier des Tages Zöpfchen flechten. Gleich zwei Mädchen waren an ihm zu-
gange, sie unterhielten sich leise und wirkten so vertraut wie Schwestern.

Felix wurde daraus nicht schlau. Hassan und die ihn umringenden
Frauen waren so geräuschlos und zart, dass sie einem geheimen Club anzu-
gehören schienen, der sich vorgenommen hatte, einen Contrapunkt zu den
stets lärmigen und sich selbst feiernden Teamern zu setzen. Sie wurden
von diesen aber nicht angefeindet, im Gegenteil wurde ihre kleine Gruppe
von den anderen oft umringt und umströmt. Sie war wie ein trockener
Stein in der Mitte eines Bergflusses – unberührt, aber doch geprägt von
den schnellen Wassern - integraler und notwendiger Teil der gesamten
Flusslandschaft, dachte Felix.

Felix und Michael beobachteten, wie Hassan aufstand und eine dritte Frau, die schon längere Zeit mit gesenktem Kopf vor der Gruppe gestanden hatte, zu sich rief.

- „Komm her, du!", sagte er freundlich. Sie kam und drängte sich an seine Brust, wo eine Umarmung auf sie wartete.

- „Der hats ja raus mit den Frauen, der Araber", flüsterte Michael neiderfüllt.

- „Ich weiß nicht", sagte Felix nachdenklich.

- „Du glaubst, er ist schwul? Stimmt, das würde es erklären!"

- „Glaub ich noch nicht mal. Er hat halt eine sportliche und künstlerische Aura und außerdem eine weibliche Seite, und der vertrauen die Frauen."

- „Aha! Dr. Sommer - der Arzt, dem die Frauen vertrauen!"

- „Das muss jedenfalls nicht heißen, dass er schwul ist."

- „Herzlich Willkommen zu unserem 'Brot und Spiele-Abend', einem weiteren Klassiker von Cool Tours und seinem Team!", hallte es vor rund 130 Personen durch die Lautsprecher.

- „Brot - damit ist Bier gemeint und natürlich jede Menge Drinks, die euch Teamer Nico und Benni da hinten an der langen Theke mixen können. Nico und Benni, Hände hoch! Spiele, damit ist ein Fünfkampf von Wettkampfteams von je vier Personen gemeint, die sich in den nächsten Minuten zusammenfinden und bei mir anmelden müssen. Fünfkampf, das sind fünf völlig unterschiedliche Disziplinen: mal denken, mal Schnelligkeit, mal Zielsicherheit, mal Gleichgewichtsinn, mal dichten. Genaueres dazu erzählen euch die fünf Teamer, die für die fünf Tasks diese fünf großen Pappnummern in der Hand halten. Hebt sie doch mal hoch. Die leiten die einzelnen Aufgaben.

Last not least: Warum solltet ihr hier teilnehmen? Natürlich, weil es Preise gibt! Ne Flasche Sekt für den ersten Platz. Und eine Verlängerungswoche bei Cool Tours.

Ne Flasche korsischen Weins für den zweiten Platz. Und zwei Verlängerungswochen bei Cool Tours. Klingt wie ne Strafe - ist auch eine!"

In der Nähe des Redners wurde gemurmelt. Der hob nochmal das Mikro.

- „Mann, ihr habt Fragen! Das mit den Verlängerungswochen war natürlich ein Scherz. Ein Scherz, hört ihr mich?! Nein, die Flaschen sind kein Scherz. Ich muss aber betonen: Das Wichtigste am Gewinnen ist das Gewinnen! Das gibt nämlich jede Menge fun, fame und Respääääkt!"

Weiteres Gemurmel.

- „So, jetzt nochmal: Teams bilden und bei mir anmelden, in 15 Minuten startet ihr dann mit den Aufgaben. Wir machen das alles in je 15 Minuten. Und ja, es ist mir völlig egal, wie sich die Teams zusammensetzen! Nein, die Teams bestehen aus vier Personen. Ja. Nein. Zeit läuft!"

Felix wollte zwar lieber Zuschauer sein als Teilnehmer, war dann aber geschmeichelt, als verschiedene Personen auf ihn zustürzten, um ihn zu fragen, ob er mitmachen wolle. Carla und Mio waren die ersten und so wurden sie zu einer Dreiergruppe. Michael kam als vierter dazu, denn Valeria und Britta waren schon besetzt, wie er enttäuscht mitteilte.

Die ersten Aufgaben waren kaum anders als die von Kindergeburtstagen. Felix' Team schnitt bei der Gleichgewichtsübung, der Ballwurfübung und der Quiz-Task durchschnittlich ab. Mio war das nicht genug, er brannte vor Ehrgeiz. Bei der Teamstaffel schafften sie einen sehr guten Punktestand, weil ihr Wettbewerbsgeist wach geworden war.

An der letzten Station mit der Nummer fünf stand das Pappschild "Dichtungsstation". Hier wartete Clement auf sie. Er hatte heute eine Lesebrille an, und erklärte ihnen:

- „Hier wird gedichtet. Es ist nicht schwer, auch wenn einige sich aller Erfahrung nach schwer tun. Ihr habt fünfzehn Minuten Zeit. Das Thema lautet im weitesten Sinne „Hobbys“. Pro Strophe ein Punkt, pro gelungenem Reim drei Punkte, und für das Gedicht als Gesamtkunstwerk vergebe ich bis zu zwanzig weitere Schönheitspunkte. Nach Gutdünken. Das heißt: Meine Bewertung ist endgültig und kann nicht angefochten werden. Hier sind Stifte und Papier. Da ihr jetzt keine Fragen mehr stellen dürft, drücke ich gleich auf diese Eieruhr und los gehts.“

- „Also wenn's um Hobbies geht: meins ist Sex. Wäre gerne Profi geworden, aber dafür hats nicht gereicht, haha“, verkündete Michael.

- „Aber ich bin Mathematiker. Ich kann nicht dichten. Bin sehr undicht. Bin raus.“

Felix übernahm und schickte auch den Rest seines Teams in die Pause. So könne er sich am Besten konzentrieren, fügte er hinzu. Fünfzehn Minuten später legte er Clement ohne weitere Absprache mit seinem Team einen Zettel hin:

Hobby-Konjugation

Ich lauf die tausend Meter Bahn

Komm schneller als die andern an

Du fährst im Winter Ski

Und fällst so gut wie nie

Sie geht auf hohe Berge kraxeln

Der Micha tut am liebsten schnaxeln.

Wir ballern wild auf Screenen

Ihr feiert schön im Grünen

Und diese drei sind schnell parat

Mit `ner Runde Bock beim Skat.

- „Nicht ganz jugendfrei", kommentierte Clement und schaute ihn über seine Brille hinweg kritisch an. „aber vor allem glaube ich, dass du das hier nicht ernst genug nimmst!"

- „Ähh ... sollte ich? Ich denke, das ist ein Spiel!", antwortete Felix und hielt seinem Blick stand.

- „So eine Antwort gibt gleich mal einen Punkt Abzug wegen Beleidigung des Unparteiischen. Und dann geb ich dir folgendes mit auf den Weg: Schau dir mal die Bundesliga an, da wird ein Spiel sehr wohl sehr ernst genommen!", grinste Clement.

- „Bei einer Million Jahresgehalt meinetwegen, aber nicht für ne Flasche katalanischen Schaumweines."

- "Und der ganze Respekt, den du hinzugewinnst? Und die street credibility? Ach, genug, ich will nichts mehr hören! Du hast das Thema einigermaßen getroffen. Reime und Rhythmus sind nicht elegant, aber gerade noch ok ... das gibt, lass mich überlegen, das gibt abgerundet trotzdem vierzig Punkte. Ihr habt bislang die meisten. Glückwunsch, du Zockerdoktor!"

Michael, der hinzu getreten war, jubelte sogleich los:

- „Zockerdock hats rausgerissen, yippie!"

Bei der Zusammenrechnung des Punktestandes wurde klar, dass Felix'
Team es unter die ersten vier geschafft hatte.

- „Und jetzt kommt noch das Halbfinale. Das ist jedes Jahr wieder
ganz spannend. Es geht nun ins Stechen", verlautbarte der Mikrophon-
Teamer.

- „Wuu-huuuw!", rief Michael. „Endlich! Da bin ich dabei!".

- „Du Ferkel! Stechen meint hier nur: Ausscheidungskampf. Und dann
ein Finale, das es in sich hat, doch dazu später. Das Stechen im Halbfinale
ist genau das, was das Wort meint: Wie in den guten alten Mittelalter-Tur-
nieren ist einer das Pferd, der andere der Ritter. Und mit diesem Schrubber muss der eine Ritter den anderen Ritter auf dem anderen Pferd hinun-
terstechen, hinunterstoßen. Wer die Füße auf dem Boden absetzt hat ebenso verloren wie der, der fällt. Und jetzt brauchen wir nicht mehr alle vier eines Teams, sondern nur noch zwei aus jedem der Halbfinalteams. Wer
will?"

Mio wollte unbedingt der Ritter sein, und welcher Ritter durfte sich
nicht sein Pferd aussuchen? Seine Wahl fiel auf Felix. Der Ausscheidungskampf war schnell entschieden. Pferd Felix stellte sich faul und sehr breitbeinig auf, als ein eifriges gegnerisches Pferd immer näher kam. Der mit
Handtüchern umwickelte Schrubber von Ritter Mio kam, traf und siegte.

- „Wow, wir sind im Finale!", rief Felix' Team „ein Sommermärchen!"

Das Finale folgte schnell und trug somit auch dem sinkenden Interesse
der Zuschauer, die miteinander zu reden oder den Platz zu verlassen begannen, Rechnung. Es wurde nur noch ein Teammitglied benötigt und Felix trat den Platz gerne an den fiebrigen Mio ab.

- „Ist doch klar, du bist der Ritter und ich nur dein Gaul", sagte er und klopfte ihm auf die Schulter. „Du machst das schon."

Mios Finale-Gegner war ein nur wenig älter. Beide wurden lautstark von ihren Teams angefeuert.

- „Ich darf noch einmal um eure geschätzte Aufmerksamkeit bitten", rief Clement. „Gleich haben wir unseren Sieger! Die beiden Finalisten müssen nun vor den König treten und ihren inneren Schweinehund überwinden."

Zuerst mussten beide Finalisten die nackten Füße des Königs küssen. In Stufe zwei mussten sie einen Teelöffel Ketchup von seinen Füßen ablecken, immerhin nur von der Oberseite. In Stufe drei folgten über den Fuß verteilte braune Reste der abendlichen Suppe. Der König hatte keine schönen Füße und Felix schämte sich fremd, wollte gar nicht mehr hinsehen. Schließlich gab der Ritter des gegnerischen Teams auf und Felix' Mannschaft hatte gesiegt, mitsamt Billigsekt.

- „Ich denke, du hast nicht deinen inneren Schweinhund überwunden, sondern diese Schweinehunde", versicherte ihm Michael mit missbilligendem Blick auf die Teamer. Die meisten Zuschauer waren zu diesem Zeitpunkt schon an die Bar weiter gezogen, um zur angesagten Ü20 Party zu gehen. Michael bestand darauf, den Sieg weiterhin zu feiern, stimmte das Lied „So sehen Sieger aus!" an und lud Valeria und Britta zu einem Glas ein, denn der Lütte sei erst dreizehn und dürfe noch nichts trinken. Beide versprachen, sich bald hinzu zu gesellen.

- „Das war eine reife Leistung. Echt der Wahnsinn, was unser Hirn so leistet", dozierte Michael. „Am spannendsten finde ich nicht die bewussten Leistungen wie Additionen in der Mathematik, und auch nicht die unterbewussten Leistungen wie das Atmen oder den Herzschlag. Die Sachen dazwischen sind so crazy!"

- „Was zum Beispiel?"

- Na zum Beispiel all das, was uns dabei hilft, uns in Raum und Zeit zu orientieren. Das geht nur mit einem Körpermodell. Wir denken nicht dran, aber im Halb-Bewusstsein ist das alles sehr präsent. Sonst würden wir uns ständig auf die Zunge beißen und beim Gehen umfallen."

- „Ist das eigentlich dieselbe Hirnleistung, die uns in der Kneipe sagt, wieviel noch im Becher ist?", fragte Felix und schaute sein Sektglas kritisch an.

- „Ich denke ja - zumindest eine sehr verwandte", antwortete Michael. „So ähnlich ist es auch bei Blinden, die sich im eigenen Zuhause ja so sicher bewegen wie Sehende, weil sie alles, jeden Stuhl, jeden Türgriff, jede Schublade und jedes Kissen als Modell abgespeichert haben und sich mit ihrem Körper, von dem sie ebenfalls ein Modell haben, souverän zwischen den Dingen hindurch bewegen."

- „Ein Sehender hat das aber nicht so stark, oder?"

- „Auf den ersten Blick - haha, das ist ein Joke, merkst du's? - nicht so stark, das stimmt. Auf den zweiten schon. Der Speerwerfer geht seinen Bewegungsablauf unmittelbar vor dem Start wieder und wieder gedanklich durch. Übrigens - ich weiß ja nicht wie es dir geht", sagte er nach kurzer Bedenkzeit, „aber mein Halbbewusstsein leistet in einer Kneipe viel mehr, als nur den aktuellen Getränkestand in meinem Glas mitzuschneiden", grinste er. „Ich kann ohne besondere Vorbereitung jederzeit Auskunft darüber geben, wie viele hübsche Frauen in der Kneipe sitzen und wo."

Er schaute sehnsüchtig in Richtung von Valeria und Britta und fuhr nach einer Weile fort:

- „Ich geb dir jetzt mal nen wichtigen Tipp, damit es mit dir und den Frauen noch was wird. Es gibt nämlich ein untrügliches und - das wird dich überzeugen - zudem wissenschaftlich nachgewiesenes Zeichen, dass eine Frau sich von einem Mann angezogen fühlt."

- „Aha, jetzt bin ich gespannt", sagte Felix.

- „Ganz einfach: Du schaust sie an. So eindeutig und unverschämt, dass ihr klar wird: Dieser Mann schaut mich an. Dieser Mann *will* mich. Mich!"

- „Öh, jaaa, das erkennt sie dann wohl. Aber du erinnerst dich, es ging nicht darum, dass eine Frau erkennt, dass *ich* scharf auf sie bin, sondern umgekehrt darum, dass ich erkenne, dass *sie* scharf ist auf *mich*."

- „Kommt sofort *und* postwendend. Was glaubst du, was eine Frau auf so einen heißen Blick hin tut, wenn sie dich auch attraktiv findet?"

- „Naja, sie schaut mich dann wohl auch an. Unsere Blicke versinken ineinander und den Rest können sich die Zuschauer denken."

- „Falsch, völlig falsch!"

- „Also gut: Was macht sie?", wollte Felix wissen.

- „Ist doch klar. Sie schaut dich zwar an, aber nur ganz kurz. Dann - schaut sie direkt weg! Sie ist verwirrt und will nicht, dass du das siehst. Und dann ..."

- „Was?"

- „Dann streicht sie sich ihre Haare zurecht!"

- „Hä!?" Felix war enttäuscht. „So ein Unfug. Frauen streichen sich ständig die Haare zurecht! Ohne deswegen immer an den Typen zu denken, der sie gerade angestarrt hat! Ich hab ne Kollegin, die sich den ganzen Tag lang ihre Mähne striegelt!"

- „Die ist bestimmt immer heiß", kicherte Michael. „Aber nochmal: In dem Setting von dem wir gerade sprachen, ist das trotzdem eine Reaktion nur auf dich. Sie will dir gefallen, die Frau. Gleichzeitig will sie nicht zu interessiert wirken."

- „Und es kann also nicht daran liegen, dass mein Blick sie verunsichert hat und sie sich fragt, ob sie was an den Haaren hat? Ganz banal?"

- „Nein, das kann nicht sein. Hör mal, da wird ein jahrtausendealtes Programm abgespult! Der Stier stiert - die Kuh zeigt sich und ziert sich zugleich. Als nächstes muss der Mann mehr tun als glotzen. Er muss zur aktiven Werbung übergehen. Er muss aufstehen, quatschen, lustig sein, sie zu einem Drink einladen. Und so weiter und so fort. Balztanz halt."

Also all das, was ich nicht so gut kann, dachte Felix und wollte sein Sektglas austrinken. Der Sekt war alle.

Forschung berät 2

Statt reiner Wissenschaft hatte er mit angewandter Wissenschaft experimentiert. Er hatte darin eine Chance vermutet, etwas zu bewirken - „konkret etwas zu bewirken", wie eine Lieblingsfloskel der Politik in diesen Jahren gelautet hatte. Er hatte sich vorgestellt, dass die ausführende staatliche Gewalt sein Fachwissen benötigte, um komplexe Zusammenhänge strategisch neu auszurichten. Also hatte er sich bei dem Ministerium verdingt, das sich von seinem Institut immer wieder gerne hatte beraten lassen. Ein Abteilungsleiter hatte ihn bestärkt:

- „Hier kann jemand wie Sie, der es besser weiß, seine vielen klugen Einsichten endlich einmal in Wert setzen bei denen, die sie dringend brauchen!" hatte er ihm zugerufen. Sein alter Dozent hingegen hatte ihn gewarnt:

- *„Dir muss klar sein, dass diese begleitende Beratung eines Ministeriums wissenschaftlich minderwertig ist. Für deine akademische Karriere ist das reines Gift. Und dann bedenke bitte: Ein Minister kämpft nicht für die Sache, sondern ums politische Überleben. Seine Referatsleiter darum, von ihm gesehen zu werden, sonst werden sie nicht befördert. Und der ganze Rest eines Ministeriums kämpft darum, in Ruhe gelassen zu werden."*

Zwei Jahre später hatte er verstanden, was sein Lehrer gemeint hatte. Als er im Institut bei einem Kaffee über seine bisherigen Erfahrungen berichtete, beklagte er vor allem das Fehlen langfristig ausgerichteter Strategien.

- *„Also gibt es nur kurzfristige Strategien?", fragte ihn ein Kollege.*

- *„Gibt es so etwas wie ‚kurzfristige Strategien'?", fragte er zurück und fuhr fort: „Was es gibt, ist: Reaktionen von der einen auf die andere Woche. Es geht darum, rasche Antworten auf aktuelle Anfragen aus Medien, Parlament und Gesellschaft zu finden. Im günstigen Fall ergibt sich daraus eine etwas länger anhaltende Befassung mit einem Thema. Dann schreibt jemand einen Zwei-Seiter für den Minister. Ich jedenfalls bin nie nach mehr gefragt worden. Schon solche dünnen Aufsätzchen werden als Strategiedokumente bezeichnet."*

- *„Es ist also immer nur Zeit für das Eilige! Aber nie für das Wichtige?"*

- *„Ja, so sehe ich das. Manche Beamte mögen mit grundsätzlicheren Konzepten liebäugeln, weil sie so mehr Kontinuität in ihre eigene Arbeit zu bringen hoffen. Die politische Leitung des Ministeriums mag das aber gar nicht. Das ist viel zu viel Lesestoff. Außerdem führt eine Unterschrift unter so ein Papier zu einer Bindung von Kräften und Ressourcen. Das gilt es zu vermeiden, denn es sollen ja möglichst alle Kräfte jederzeit verfügbar und verschiebbar sein."*

- „Wofür?"

- „Für all das, was kommt. Was weiß ich - in Woche eins heißt es: alle Mann an Deck für die Flüchtlingskrise in Libyen, in Woche zwei ziehen alle an einem Strang, wenn es Ebola in Sierra Leone ist. Eine Woche später möchte der Minister hingegen eine neue Initiative gegen die Blutdiamanten im Kongo oder für die Einsparung von Treibhausgasemissionen verkünden. Es wird nicht regiert, sondern reagiert. Da sitzen keine Regierungsräte, sondern Reaktionsräte. Reaktionsratten."

- „Eigentlich ist es wie in diesen Disneyfilmen, dachte die Kollegin laut nach. „Der Minister ist Hauptdarsteller und Besitzer eines Musterlandgutes. Alle singen. Strahlend greift er den freudig arbeitenden Knechten und Mägden einmal hier und einmal dort unter die Arme, kommuniziert dabei aber fast ausschließlich mit der Kamera. Der Heuschober wird voll, der Karren kommt aus dem Dreck. Alle sind fesch und wohlgemut und es ist einfach herrlich."

- „Und wenn man dem Helden sagen würde, dass es laufende Aufgaben gibt, die auch erledigt werden müssen und auf die gerade keine Fernsehkamera hält?", meinte der andere Kollege. „Oder zukünftige Themen, um die man sich aber dringend schon heute kümmern muss?"

- „Dann geigt dir der Held, dass hier ein Musical läuft und du im falschen Film bist. Dann sagt er dir, dass du nicht ausreichend ‚politisch' denkst. Und ‚politisch' heißt für ihn: bis zu den nächsten Wahlen", antwortete Felix lakonisch.

Letztlich war es diese Erfahrung, die Felix davon abgebracht hatte, die sogenannten „Macher" zu beraten. Er wollte jetzt durchziehen. Er wollte selber „machen". Sich selber mal an die Schalthebel und - hebelchen der Macht setzen. Das Referat, das er beraten hatte, brauchte mal ganz eben, mal ganz schnell Unterstützung bei der Organisierung einer

Auslandreise des Ministers. Sein Institut hatte zugestimmt, hierfür kurz-
fristig Ressourcen zur Verfügung zu stellen. Die Ressource hieß Felix.

Als Valeria und Britta an ihren Tisch traten, zogen sie einen Kometen-schweif männlicher Blicke hinter sich her. Valeria fiel bereits im Normalzustand auf, heute Abend aber war sie eine Sensation: geschminkt, mit glänzenden schwarzen Locken und in einem hellen Minirock, der beides hervorhob: ihre langen, braunen Beine und einen gepiercten, weichen Bauchnabel, dem das kurze Top ausreichend Entfaltungsmöglichkeiten bot. Die rosige und dralle Britta mochte hübsch anzusehen sein, aber die Blicke streiften sie nur zerstreut auf dem Weg zu Valeria hin oder auf dem Weg von Valeria weg. Sie war ein kleiner Planet, der wie alle anderen um die Sonne kreiste.

Michael umschwirrte gleichfalls das Zentralgestirn, zu dessen Erkundung er eine Sprachmission nach der anderen losschickte. Vom ersten Moment an quasselte er drauflos: über den Wettkampf des Abends, die loser und die Gewinner, über den Schaumwein, der ebenso gewonnen wie zerronnen war, über den Tag am Strand. Wie ein Gaukler bei Hofe hüpfte er von einem Bein auf das andere und redete auf Kaiserin Valeria ein.

- „Was würde Mäuschen dazu sagen?", fragte Felix gedankenverloren neben Mark stehend.

Mit respektvollem Blick auf Valeria und einer Kinnbewegung in ihre Richtung antwortete dieser:

- „Nüscht. Mäuschen würde sonst von der Gatze da verspeist."

Britta gesellte sich zu ihnen.

- „Was guckst du?", fragte sie Felix unverblümt.

- „Ja, wie? Man wird doch noch gucken dürfen? Ich gucke, wie alle sich darstellen und wie man sich selbst verkauft."

- „Was verkauft? Ich verkaufe mich nicht."

- „Ich meine das ja auch nicht so. Ich meine: wie man für sich wirbt, wie man um andere wirbt. Wie man gesehen werden möchte. Das ist ein großer Marktplatz, eine große Börse hier. Noch nicht bemerkt?"

- „Wir sind also alle nur Produkte und bieten uns feil?", fragte sie.

- „Genau."

- „Och nöö! Was geschähe mit dem, der kein gutes Produkt ist? Mit jemandem, der nicht gut aussieht, kein Geld hat, keine gute Laune, keine guten Gefühle? Der wäre ja völlig unverkäuflich."

- „Tja, Pech", bestätigte Felix und bemühte sich, dabei nicht auf Mark zu schauen. „So jemand geht dann auf keine Party. Vielleicht zieht er sich ganz von der Welt zurück. Aber nicht, dass du meinst, dass ich das gut so finde. Ich fände das tragisch. Leider ist es nicht mal selten. Kann aber sein, dass so einer am Ende trotzdem nicht vor die Hunde geht. Vielleicht weil er Künstler wird. Oder weil jemand, der ein gutes Werk vollbringen will, sich ihm zuwendet und ihn aus dem Sumpf zieht? Auch dieses Aus-dem-Sumpf-Zieher gibt es ja."

- „Mag sein, aber ich glaube, du schätzt Leute, die so etwas tun, gering."

- „Wieso? Sie wissen, was sie tun und warum sie es tun. Das ist doch prima."

- „Sie tun es für Gotteslohn. Oder für das Gefühl, gute Menschen zu sein. Es würde mich wundern, wenn das für jemanden, der so redet wie du, für jemanden, der Nutzen und Kosten so genau berechnet, keine Deppen wären. Die Welt ist in deinen Augen eine knallharte Tauschbörse. Das hast du doch vor wenigen Sekunden exakt so gesagt."

- „Oh, du bist aber harsch. Ja, es gibt Kosten und Nutzen, aber die sind vielfältig und werden auch viel weniger egoistisch berechnet, als du denkst. Ich sage zwar durchaus, dass auch ein Helfer sich von der Hilfe, die er leistet, einen Nutzen verspricht. Aber Eigennutz ist nicht gleich Eigennutz. Der eine mordet, raubt und betrügt aus Eigennutz, der andere versöhnt, schenkt und lehrt. Das tut er für andere und das ist toll. Aber er tut es eben auch für *sich*, für seine eigene Zufriedenheit oder auch für die Anerkennung innerhalb seiner Gruppe."

- „Ok, verstehe. Es gibt so etwas wie gute und böse Handlungen. Immerhin. Trotzdem macht mich das sehr traurig."

- „Was denn?"

- „Nichts ist zweckfrei in deiner Welt. Nicht mal das glückliche Lächeln eines Kindes, das gut ausgeruht aufwacht, ist ohne Hintergedanken. Du würdest wahrscheinlich sagen, dass das Kind damit in seine Beziehung zu den Eltern investiert, die sich daran freuen, dass es glücklich ist, nicht?"

- „Das würde ich allerdings! Und es setzt dafür alles ein, was es zu diesem Zeitpunkt seines Lebens hat, nämlich sein strahlendes Lächeln. „All in", würden die Pokerspieler sagen."

- „Jetzt mach aber mal ne Pause! So etwas kann doch so ein Kind noch gar nicht denken!"

- „Muss es auch nicht. Trotzdem ist Lächeln ein Kommunikationsakt, und Kommunikation hat nun mal Ziele", insistierte Felix.

- „Herrgott im Himmel. Es gibt also keine Zufriedenheit und keine Glücksgefühle an sich? Alles hat nur Ziel und Zweck?"

- „Hmmm ja, ich glaube schon, dass ich das so sehe."

- „Es gibt also keine Güte, zum Beispiel die des Großvaters, der den Enkeln ein leckeres Eis spendiert?"

- „Da frage ich doch sofort zurück: Warum spendiert er das Eis den Enkeln und nicht den Kindern auf dem Spielplatz?"

- „Weil er dann wegen Verführung Minderjähriger dran ist!", lachte sie. „Aber im Ernst: dann spendiert er halt irgendwelchen Nicht-Enkelkindern mal ein Eis. Er setzt einfach mal so eine gute kleine Tat in die Welt. Wie eine Henne ein Ei."

Felix grübelte.

- „Wie der Opa ein Eis. Aber jetzt weiß ich, welchen Verdacht du hast! Du glaubst, meine Welt sei eine der Egoisten. Eine Welt, in der das, was der eine bekommt, dem anderen fehlt! Eine Nullsummenspiel-Welt! Nur das stimmt gar nicht! Das meine ich gar nicht!"

- „Was meinst du denn sonst!?"

- „Ich meine, dass der gütige alte Mann einen Überschuss an etwas hat, nämlich an Geld. Das braucht er nicht und er tauscht es ein gegen die Freude in den Kinderaugen. Eine prima Sache."

- „Aber immer ein rationales Tauschgeschäft."

- „Das schon. Nicht unbedingt voll bewusst, aber rational, ja. Genau so sehe ich das. Definitiv kein Nullsummenspiel. Die Einladung zum Eis schöpft neue handelbare Werte wie Freude und Vertrauen. Niemand hat verloren und ist deswegen trauriger geworden. Freude und Vertrauen auf der Welt sind fürs erste ordentlich angestiegen. Die Bruttofreude auf der Erde ist gewachsen. Andererseits ist sie nicht für immer da. Sie ist ein verderbliches Gut."

- „Aha. Du stimmst mir also zu?", wollte Britta wissen.

- „Ich denke schon. Ich finde es total wichtig, das Spiel der Menschheit mit dem zu spielen, was du Güte nennst. Ich nenne das Überschüsse, Investitionen und Kredite an andere. Aber trotzdem auch ein Spiel, in dem Kredite zurückgezahlt werden, sonst bricht das System irgendwann zusammen und wir haben eine Schuldenkrise! Der Opa wäre schon sehr traurig, und völlig zu Recht, wenn die Kinder ihm seine Fensterscheiben einschmeißen würden nach dem Eis. Aber das werden sie nicht. Opa und Kinder bauen an einer schönen Welt. Die Menschen können aber auch andere Welten basteln. Teufelskreiswelten des Misstrauens und des Hortens gibt es da. Vielleicht tritt die Menschheit gerade in eine solche historische Phase ein. Das glaube ich jedenfalls, wenn ich mir so anschaue, wie unfähig die Menschen sind, den menschengemachten Klimawandel zu bekämpfen. Und dann die ganzen neuen Nationalisten und Populisten. Für die ist nun wirklich alles ein Nullsummenspiel und deswegen fahren sie die Ellbogen aus. Wer zuerst kommt, mahlt zuerst."

- „Und wer das nicht glaubt und nicht so lebt, sondern gütig zu sein versucht, ist für die ein naiver Gutmensch", regte Britta sich auf. Felix legte die Stirn in sorgenvolle Falten.

- „Es gibt schon aber auch naive Gutmenschen", merkte er schüchtern an.

- „Was? Mensch sag mal, auf welcher Seite stehst du denn nun?"

- „Auf keiner. Ich wünsche mir sehr, in einer Tugendkreiswelt zu leben. Ich schließe trotzdem nicht aus, dass die Teufelskreiswelt überwiegt. Und in einer Teufelskreiswelt sind die gütigen Menschen leider naive, dumme Gutmenschen. Sie werden zu Opfern."

Jetzt wurde Britta sauer:

- „Du hast die Mentalität eines Scheißzockers. Einerseits bist du bereit, deine kleinen, kargen Beiträge für eine gute, freundliche Welt zu leisten.

Vielleicht sogar gerne, je nach Situation, aber bloß nicht zuviel, das wäre ja riskant und gutmenschig! Auf der anderen Seite versuchst du dir, für den Fall, dass das hier eine Teufelskreiswelt ist und alles in die Brüche geht, einen Platz im Rettungsboot zu sichern. Beziehungsweise deinen Platz im Haifischbecken. Als Hai."

Felix war betroffen. Sie hatte völlig Recht.

- „Ist das nicht menschlich?", fragte er kleinlaut zurück.

- „Scheißmenschlich", pampte sie zurück. Trotzdem klang es schon eine Spur milder.

- „Weißt du denn es besser? Weißt du, in was für einer Welt wir leben?"

- „Nein, aber ich mache mein Verhalten davon jedenfalls nicht total abhängig. Ich will, bei allen eigenen Fehlern, das Richtige tun. Und wenn mich dann jemand für dumm hält oder ich die Dumme bin, dann ist das halt so."

Es gab eine Pause, in der sie gedankenverloren auf die Tanzfläche starrten. Dann sagte Felix langsam

- „Ich kann nur noch einmal sagen: Ja, es ist total wichtig, dass es solche gütigen Ur-Taten gibt, bei denen aus einem Überschwang heraus Gutes in die Welt kommt. Wir alle sollten an einer Welt arbeiten, in denen es den Menschen so gut geht, dass sie diese Freude und diesen Überschwang entwickeln können!"

- „Toll, Herr Pfarrer, dass du mir mal zustimmst. Jetzt kommst du bestimmt sofort mit einem großen ‚Aber'."

- „Nein, kein aber. Ich finde nur, dass solche Ur-Taten eher selten sind."

- „Ich gar nicht, es gibt sie täglich! Tausendfach, wir nehmen sie nur nicht oft wahr", fand Britta.

- „Und dann hast du eines vergessen, Britta...."

- „Was denn?"

- „So wie es die zweckfreie gute Tat gibt, so gibt es leider auch ihr dunkles Gegenstück: die mutwillige Bosheit."

- „Und du hast vergessen, dass der Mensch nicht nur Individuum ist, sondern Teil eines Großen Ganzen."

Die Musik war lauter geworden.

- „Aber am Ende stirbt jeder doch für sich alleine", wendete Felix ein.

- „Ouh Mann! Na und!? Wen interessiert das Sterben!? Leben, das tut niemand für sich alleine! So, und jetzt lebe ich. Ich gehe nämlich tanzen."

Felix schaute Britta an und fand sie mit einem Mal richtig süß.

Er trat näher an die Musiklautsprecher und an die Tanzfläche, die im Halbdunkel lag, heran, Mark folgte ihm. Michael und Valeria kamen ihnen entgegen. Hier war es zu laut für eine längere Unterhaltung.

- „Ich hab ihr gesagt, dass das keine U30 Party ist, sonst dürften sie und du nicht mehr hier sein. Sondern eine Ü20 Party", brüllte Michael in die Runde.

- „Ich bin einunddreißig Jahre alt", rief Valeria.

- „Ich hab ihr auch gesagt, dass sie mal aus sich herausgehen muss!" ergänzte Michael.

- „Ich weiße perfettamente, was er meinte", sagte Valeria und schaute ihn misstrauisch von der Seite an.

- „Er meint bestimmt das Tanzen!", versuchte Felix zu vermitteln.

- „Warume? Jeder tanzte, ich auch. Das ist nichte besonders extrovierte", rief Valeria.

- „Es kommt schon drauf an, *wie* man tanzt!", entgegnete nun Michael und machte einige närrische Schritt- und Armbewegungen vor.

- „Absolut!", pflichtete Felix bei. „Zum Beispiel kann man auf der Discofläche im Dunkeln tanzen. Oder im Hellen, wenn ein Spot-Strahler auf einen gerichtet ist. Oder man tanzt eben auf Tischen. Ich denke sogar, dass es zwei Sorten Mensch gibt: die einen, die auf Tischen tanzen, und die anderen, die es nicht tun."

Valeria schien das als Aufforderung zu begreifen. Im Nu war sie auf einen Stuhl und vom Stuhl auf einen Tisch gestiegen, wo sie ihre Hüften dem Rhythmus nach bewegte. Sie hatte Mark, der zunächst widerstrebend gefolgt war, mit hoch gezogen. Auf zwei weiteren Tischen formierten sich augenblicklich ebenfalls Paare.

- „Geile Idee von dir, Felix: Schau dir diese Beine an! Von unten angeschaut sind sie noch länger. Top monkey cool, oberaffengeil", sagte Michael anerkennend.

- „Und dieser Bauchnabel! Ein Vorzugsnabel, der einen davon träumen lässt, ihn mit den Fingern zunächst eng zu umkreisen, um dann spiralförmige, weitere Kreise zu beschreiben. Zwei Pi mal R, nein Quatsch, stimmt nicht, wir reden hier von einer archimedischen Spirale mit polarer Steigung!", sagte er hypnotisiert.

Er stieg, Valeria stets fest im Blick, gleichfalls auf den Tisch. Valeria ließ sich darauf ein, dass er sie auf dem engen Tisch von hinten antanzte.

Sie deutete sogar ein wenig lap dance an, indem sie ihren Hintern raussteckte und mal über die rechte, mal über die linke Schulter zu ihm blickte. Jedes Mal strich sie ihre Haare mit der Hand auf die andere Kopfseite und lächelte Michael zum ersten Mal einen Augenblick lang an. Felix blieb unten alleine zurück und wusste nicht, ob er zu der Art Mensch gehören wollte, die im Dunkeln tanzt, oder doch lieber zu der Art, die im Dunkeln nur ihr Bier trinkt. Von der Tanzfläche her trafen ihn Brittas fragende und amüsierte Blicke. Er zuckte mit den Schultern, rollte etwas mit den Augen und ließ die Musik und die Discolieder an sich vorbei ziehen.

- „Deine Freundin Valeria sollte aus sich herausgehen, und das haben wir nun davon", meinte Felix.

- „Sie zeigt sich gerne und es lohnt sich doch, sie anzuschauen, oder?", reagierte Britta. „Aber ich weiß gar nicht, ob sie meine Freundin ist. Sie ist die Frau, mit der ich hier abhänge, wir haben uns ja erst hier kennen gelernt".

- „So wie ich und Michael auf dem Weg hierher."

- „Das hätte ich jetzt nicht gedacht, ihr wirkt wie alte Freunde."

- „Mag sein. Er gehört allerdings zur Klasse der Tischtänzer. Ich nicht, wie du siehst", sagte Felix. „Ich bin mir nicht sicher, aber das sind dieselben, die im Zug nicht davor zurückschrecken, eine Familie von den Sitzplätzen zu scheuchen, wenn sie selber diese Plätze reserviert haben. Auch wenn noch genug andere Plätze im Zug frei sind. Die haben den Hang, Raum einzunehmen, diese Tischtänzer-Menschen."

- „Was du schon wieder weißt! Tischtanzen ist keine Charaktereigenschaft. Das macht man einfach. Du traust dich nur nicht. Machst einen Act draus, so ist es doch! He, kommt ihr mal da runter, ihr table dancer", rief Britta den dreien zu. „Oder ich komme hoch!"

Zu viert war kaum noch Platz auf dem Tisch. Britta reckte die Arme platzsparend in die Höhe, drehte sich mit geschlossenen Augen um sich selbst. Auch ihr Bauchnabel wurde frei gelegt, er war weiß und wirkte sehr weich.

Die Musik war mittlerweile endgültig zu laut geworden und der Rhythmus hatte gewechselt, es war nur noch House. Die Tanzflächen waren nur noch teilweise bevölkert. Felix schaute auf seine Uhr und nahm sich vor, nicht mehr allzu lange zu bleiben. Michael hatte sich noch einen Drink mitgebracht, in der anderen Hand hatte er einen Pfirsich.

- „Der war über", sagte er, schaute Valeria gespielt lasziv an und begann damit ihr den Pfirsich langsam und zärtlich über den Oberarm zu rollen. Schließlich schmiegte er ihn ausführlich ihren Unterarm entlang. Dabei schaute er ihr tief in die Augen, sagte ihr etwas ins Ohr und lächelte verführerisch. Solange, bis Valerias roter Mund sich verzerrte, einen Kraftausdruck mediterraner Provenienz ausstieß und eine Italienerin erhobenen Hauptes und energisch die Party verließ. Michael kam wieder zu ihnen herüber, rieb sich den Arm, als täte er weh, und sagte in Felix' Ohr:

- „Das war scherzhaft. Sehr scherzhaft."

- „Du hast sie verärgert", schaltete Britta sich kritisch ein.

- „Weiß nicht. Vielleicht ist sie ja nur aufs Klo", wich Michael aus.

- „Oder Zigarettenholen", grinste Mark und blickte in die Runde.

- „Und nu?"

- „Ich muss früh ins Bett, weil ich morgen meinen langen Lauf habe. Ich muss pro Woche an einem der Tage mindestens zwei Stunden laufen, besser drei. Sonst schaffe ich im Oktober die 42 Kilometer nicht. Daher muss ich um sechs Uhr los, denn ab acht Uhr ist die Sonne voll da, dann wirds wieder heiß", verkündete Felix.

- „Das ist doch kein Urlaub! Aber du hast mein Mitgefühl. Will jemand auf einen Absackergrappa oder einen Portwein noch auf die Terrasse meines Bungi?", kommentierte Michael.

- „Das ist manisch. Schon mal überlegt, ob du vor deinen Problemen davonläufst?", fragte Britta Felix und schaute ihn prüfend an.

- „Das habe ich. Und bin zum Ergebnis gekommen, dass ich schneller als sie laufen muss. Deswegen trainiere ich fleißig", erwiderte Felix grinsend und war im selben Moment enttäuscht von sich: Wenn er gesagt hätte, wieso Probleme, welche Probleme sollte ich denn haben, wäre er im Gespräch geblieben. Nun hatte er das irgendwie abgeblockt. Er dachte an sein dummes kleines Gedicht und daran, dass die Nacht mild war und fast alle auf dem Campingplatz noch feierten. Etwas unentschlossen und weil es sowieso auf seinem Weg lag, ging er mit der Gruppe mit, war aber schon kein Teil mehr von ihr, wie er wortlos neben Britta schritt, die ihn einmal kurz berührte, als der Weg sehr dunkel und sehr eng wurde zwischen dunklen, ein wenig bedrohlichen Mittelmeerpflanzen. Er fragte sich, ob Jasminduft in der Luft lag. Wenige Minuten später standen sie vor Michaels kleiner Holzhütte von der aus man ein kleines Stück der Bucht und des Meeres sehen konnte.

- „Ich gehe dann mal", sagte Felix gedehnt und blickte zögernd auf Britta. Er mochte ihre hellen Augen und ihren Bauchnabel, selbst wenn der nicht so gepierct und perfekt war wie der von Valeria. Oder gerade deswegen.

- „Komm auf die Terrasse, Britta, der Portwein ist süß, der wird dir schmecken" rief Michael aus dem Bungi heraus. „Ich habe keine klirrenden Gläser, nur Pappbecher, aber das passt hundert Pro: pappsüßes Gesöff im Pappbecher. Papas Doppel-Papp."

- „Gute Nacht dann", sagte Britta, sah Felix noch einmal an und wendete sich von ihm ab.

Big Bang und ein Held

Felix war nun doch ein Frühaufsteher. Die Sonne war noch nicht ganz aufgegangen, als sein Handy begann Musik zu spielen. Er erhob sich mit schweren Knochen. Sein Plan war, zunächst fünf bis zehn Minuten zu gehen, damit der Kreislauf in Schwung kam und dann ein paar Stretching-Übungen zu machen. Und dann nochmal fünf Minuten gehen. Erst dann loslaufen, wenn der Körper soweit ist, wenn er guten Morgen zu dir gesagt hat. Wenn das schwer fällt, doch nochmal gehen. Geduld ist wichtig, denn danach soll der Körper ja zwei Stunden in Dauerbetrieb sein.

Er hätte längst Lauferfahrung. Das ist das, was Mittdreißiger von Mittzwanzigern unterscheidet, und deswegen laufen sie auch deutlich bessere Marathons. Jetzt, wo er den Blick nach oben richtete, die steilen Berge hoch, wurde ihm zwar klar, dass er mit Bergläufen bei beginnender Hitze keine Erfahrung hatte, und dass es ein Restrisiko gab, dass er sich verirren, dehydrieren oder abstürzen könnte. Er musste und wollte seinem Körper aber vertrauen. Am Ende war auch das Berglaufen nicht mehr als das Setzen eines Fußes vor den anderen, und wenn das zu anstrengend würde, müsste er halt pausieren oder abbrechen. Er hatte seinen ultimate performance Laufgürtel dabei, in dem er über einen Liter Wasser in kleinen Flaschen mitführte, so konnte er den schlimmsten Flüssigkeitsverlust ausgleichen. Es ging los, erst die Straße hinunter, dann den Staubweg hoch, den er bereits kannte und der oben, sehr weit oben, in einen Höhenwanderweg einmünden sollte, von dem aus man mit Blick aufs Meer stundenlang laufen könnte.

Felix hatte anders als viele Läufer keine Kopfhörer und keine Musik dabei. Er verstand diese verstöpselten, hastigen Menschen nicht. Sie degradierten ihre Umgebung zu einem Laufraum herab, der es nicht wert war, wahrgenommen zu werden. Dabei konnte man doch mit ein wenig Übung

Laufrhythmen im eigenen Kopf abspeichern und ablaufen lassen. Seine Melodie heute hatte er sich nicht ausgesucht, sie war einfach da. Sie hatte den Vorteil, dass er sie je nach Schrittrhythmus langsamer und schneller ablaufen lassen konnte. Nicht mit jeder Musik konnte man das.

Eine Freundin hatte ihn wissen lassen, sie empfinde im Fuß, im Knie, und im Rücken beim Joggen Schmerzen und deswegen hasse sie es. Er habe es gut, er habe all diese Probleme nicht. Felix hatte überlegt und festgestellt, dass das nicht stimmte. Auch er hatte Schmerzen, aber die waren Erfahrungssache. Da gab es den harmlosen Teil, den er Laufschmerz nannte. Der bestand im Aufmucken einzelner Körperteile unter Stress und war wie ein Ächzen im Gebälk. Er nahm diese Schmerzen wahr, aber nicht ernst. Er lief einfach weiter. Dann gab es Ermüdungsschmerzen. Die konnte man während des Laufs weitgehend ignorieren, aber nicht danach. Sie verlangten einen Tag Pause, und den sollte man ihnen geben, denn müde Muskeln lernen nichts mehr, sie bauen ab. Und dann waren da die Warnschmerzen. Die musste man schon ernster nehmen, mit sofortigen oder mit langen Pausen behandeln, mit Stretching oder mit einem Ausgleichssport.

Hinter einer jähen Kurve stand mit einem Mal ein kleiner, zerzauster Hund vor ihm und schaute ihn grollend und unfreundlich an. Sofort hielt Felix an, um dann mit gemessenen Schritten und Selbstbewusstsein an ihm vorbeizukommen. Der Hund verlegte sich aufs Bellen und schien im selben Augenblick nur noch halb so entschlossen und gefährlich. Weiter gings. Der Anstieg war lang, nach einer halben Stunde war er schweißgebadet und die Sauerstoffversorgung im Hirn schien weniger, die Endorphin-Produktion mehr zu werden, denn er war in ein halbautomatisches Trotten verfallen, das ihn den Berg hochzog und seine Gedanken auslöschte. Die Gedanken beim Joggen hatten etwas Kreisförmiges, Rundes. Sie waren weniger ein Denken als ein Betrachten. Er hatte gar nichts dagegen, dass sie weniger und leiser wurden, insbesondere diejenigen, die drängender und quälender und ohne klare Antworten waren. Heute jedoch nahmen sie mit zunehmender Anstrengung zu. Er versuchte, sie zusammen mit dem Schweiß von der Stirn zu wischen, musste sich aber, an einem Zwischengipfel des steilen Hügels angekommen, gegen einen Baumstamm lehnen und sich verzweifelt fragen, warum sie ihm heute so zusetzten, warum sie ihn heute wie eine Hundemeute verfolgten, warum sie ihn nicht einfach machen ließen.

- „Ich bin doch losgelaufen, um etwas anderes zu spüren als immer nur euch, um neue Wege zu finden, um nicht an alte Stellen und Orte von Niederlagen zurückzukehren", sagte er sich. „Will ich Sex, will ich eine Begleiterin, will ich Ruhe oder Abwechslung? Welche Erfolge will ich? Kann ich die Erfolge, die ich erreichen will, überhaupt schaffen? Oder muss ich mir leichtere Aufgaben suchen?"

Jetzt kam die Sonne und es wurde sehr warm.

Er lief weiter und schaute, so oft er Gelegenheit hatte, zwischen den Büschen und Bäumen hindurch auf das Meer. Erst nach knapp eineinhalb Stunden drehte er um, um den Rückweg anzutreten, den er beim Hinunterlaufen in weniger als einer Stunde schaffen würde. Jetzt war überall Sonne und jetzt wurde es heiß. Als er sich dem Camp näherte, schloss er die Augen und schaltete vom Laufen ins Gehen, in ein blindes Gehen, das jetzt ganz von selbst stattfand, gesteuert vom Kleinhirn und dem ganzen Bewegungsapparat. Der tausendfach wiederholte Bewegungsablauf lief einfach weiter, die Schritte wurden lediglich ein wenig länger und ungesteuerter, tollpatschiger, aber es war schön, zu erleben, wie er sich in einem Körper befand, der ihn durch die Landschaft getragen hatte und nun nach Hause, wo er ausruhen konnte.

Nach dem Duschen stand die Uhr auf 9.20. Er hatte noch keinen Hunger, aber bis zum Mittagessen, das er heute mit einem Ausflug verbinden wollte, war zu viel Zeit, um jetzt nicht doch noch zu frühstücken. So trat Felix mit heißen und wackligen Beinen an die noch gut besetzten Frühstückstische, nahm sich ein Müsli, einen großen Wasserbecher und einen Tee und setzte sich zu Mark und Michael. Britta saß zwischen ihnen. Von Valeria war nichts zu sehen.

- „Na, du Sportler?" sagte einer der drei.

- „Uff", antwortete Felix. Er war gar nicht in der Stimmung, jetzt viel zu reden. Die drei unterhielten sich über den Tagesablauf. Ob Felix mit zum Strand wolle nachher. Eigentlich schon entgegnete dieser, das Meerwasser tue den Beinmuskeln bestimmt gut, aber gegen Mittag starte die Fahrt ins korsische Restaurant, da habe er sich eingetragen. Es stellte sich heraus, dass keiner der anderen mitfuhr.

- „Du willst ja wirklich alles mitnehmen, legst einen richtigen Turbo ein", spottete Michael.

- „Bin ja nur eine Woche hier."

- „Wir treffen uns heute Abend dann zum Essen. Im Sonnenuntergang gibts dann ein kleines Strandsporttournier mit Volleyball und Fußball, danach Strand-Cocktailparty mit Musiklautsprechern, bist du dabei?"

- „Mal sehen", antwortete Felix.

- „Du gehst ziemlich unrund", befand Britta „mach lieber mal easy going."

- „Die Muskeln. Habe auch irgendwie nicht genug Magnesium-Tabletten mitgenommen."

- „Ach, Hase!", bedauerte sie ihn. „Du hast deine Medizin vergessen! Dann mümmel mal Sonnenblumenkerne, die enthalten viel Magnesium!"

Felix brummte zustimmend. Es gefiel ihm nicht, dass die drei ihm gegenüber saßen wie ein Komitee, das über seinen künftigen Werdegang entschied. Oder wie Arbeitslose, die sich um nichts kümmern. Die in der Hängematte liegen, während er selbst .... nein, sie hatten ja Recht. Er war getrieben, während sie abhingen. Das war doch nicht falsch. Oder, wie Fred und Tina am Tag zuvor beim Frühstück betont hatten, man hatte es sich doch „wahrlich sauer verdient" nichts zu tun.

Felix war schwindelig, als er sich vom Frühstückstisch erhob. Als er ging, nahm er aus den Augenwinkeln halb wahr, wie Michael den Arm kurz um Britta legte. So schien es ihm. Bevor er genauer hinschauen konnte, kamen ihm jedoch schon Fred und Tina entgegen und waren gesprächsbedürftig. Sie zeigten ihm die Fotos, die sie gemacht hatten. Sie hatten vor, den schlechten Zustand des Campingplatzes damit zu dokumentieren und dies mit weiteren Unterlagen beim Reiseveranstalter einzureichen. Tina sei ja Rechtspflegerin und kenne sich aus in puncto Rückerstattungen. Und Teilrückerstattungen. Man dürfe sich nichts gefallen lassen, sonst wäre man schnell der Dumme. Ob er sich anschließen wolle.

- „Weiß nicht, macht ihr nur mal, ich pflege jetzt erst mal nicht das Recht, sondern mich selbst", sagte Felix und war froh, dass sein Urlaubsprogramm Bewegung und Lektüre vorsah und keine Sammlung von Regressansprüchen. Felix überlegte, was gestern Abend zwischen Michael und Britta passiert sein konnte. Michael war bei Valeria abgeblitzt, soviel war klar. Dann hatte er sich wohl an Britta, an seine Britta, herangewanzt. Das war doch nicht in Ordnung! Britta hatte viel mehr mit ihm, Felix, geredet und sich viel mehr für ihn als für Michael interessiert, das bildete er sich doch nicht ein! Und was hatte er, Felix, getan? Mark würde sagen: Nüscht. Felix hatte sein Programm heruntergespult, war früh schlafen gegangen, hatte nicht die Hand nach Britta ausgestreckt. Michael schon.

Um 12 ging es los. Es waren zwei Teamer und fünf Cool-Tourer, die sich in den Kleinbus setzten. Clement war Beifahrer, was Gelegenheit gab, die rombenförmigen Elefantenfalten im Nacken Clements genauer zu betrachten. Der Fahrer war ein Felix kaum bekannter Typ mit blau gefärbter Elvistolle, der unentwegt redete.

- „Wir werden in die beste Landgaststätte Korsikas fahren, nicht, Clement, du hast die vor Jahren aufgetan? Sie ist spezialisiert auf wilde Hausschweine. So was von lecker! Aber keine Bange, es gibt auch was für Veganer, Vegetarier und Ovo-Lacto-Veganarier: normale Schweine, hahaha! Ouh, seht mal, wir fahren gerade an einer ganzen Gruppe korsischer Schweine vorbei! Nein, links gucken, rechts das ist eine Gruppe korsischer Männer, wilde Korsaren, hahaha! Ja, die hiesigen Schweine sind diese schwarzen Viecher, die meistens aussehen wie der Schatten von Schweinen, wie afrikanische Schweine, hahahaha! Die sind eigentlich nur halbwild, leben aber ziemlich viel draußen, in den Wäldern. Echte Wildschweine gibt es auch, aber die kommen in dem Restaurant nicht auf den Tisch, oder Clement? Und Mufflons, diese Urschafe, die es hier noch gibt. Die kommen auch nicht auf den Tisch, die wurden früher zu viel gejagt und sind streng geschützt. Schmecken auch nicht, sie muffeln, wie der Name schon sagt, hahaha."

Im Vorbeifahren konnte Felix erkennen, wie ein Schwein sich mit seiner Schnauze tief in einen Schweinekadaver hineingefräst hatte und ganze Stücke seines Artgenossen verschlang. Felix' Magen machte eine kleine Drehung.

Clement war einerseits beschäftigt mit dem fülligen und von ihm restlos begeisterten Mädchen auf dem Sitz hinter ihm, das ihn ständig tätschelte und ihm anfangs und zwischendurch unter Lösung ihres Sicherheitsgurtes immer wieder Küsse gab, andererseits mit der Dressierung des logorrhoischen Fahrers.

- „Wisst ihr, dass Clement früher mal Möbelpacker war? Der konnte alles tragen - nur keine String-Tangas, hihihi!"

Nach einer halben Stunde voller Kurven und Serpentinen hatte Clement dem Elvistolle-Fahrer mehrfach Schläge angeboten, legte ihm nun seine schwere Hand in den Nacken und bedeutete ihm, einige Schweigeminuten einzulegen. Auf die Frage warum, antwortete Clement:

- „Wisst ihr, ich war einige Jahre lang Fernfahrer. Das waren weite Touren. Bin viel nach Skandinavien rüber mit dem Laster. Fähre von Travemünde nach Trelleborg und dann weiter in den Norden Schwedens. Da gab es ab und zu Elche. Und eines Tages war da ein besonders großer und besonders alter Elch, der neben der Straße herging. Siebenhundert Kilogramm in Bewegung. Der hat alles nicht mehr so richtig mitgekriegt. Die sehen kaum noch was und hören nichts ... naja, vielleicht müssen sie das ja auch nicht. Jedenfalls biegt das Vieh plötzlich auf die Straße ab. Ich war echt langsam mit dem LKW unterwegs und hab obendrein gebremst. Zwecklos. Er und ich, wir sind voll zusammengeknallt. Der LKW, ein Dreißig-Tonner, stand sofort still."

- „Tolle Geschichte, aber was willst du mir damit sagen?", fragte der Fahrer nach.

- „Ich will dir sagen: Auch ich höre und sehe nicht mehr gut. Ich bin ein dämlicher alter Elch. Aber wenn wir beide zusammenstoßen, steht alles still, verlass dich drauf!"

Der Elvistollen-Typ konzentrierte sich tatsächlich einige Minuten lang aufs Fahren, bis es plötzlich wieder aus ihm herausgeplatzt kam.

- „Also Clement, ich bin ja nicht nur Fahrer, sondern auch Tour Guide, und das Folgende *müssen* unsere Cool-Tourer einfach wissen: Ich habe viel über Tiere geredet. Zuviel? Ok, dann zuviel, aber das nächste *müsst* ihr wissen. Es gibt hier einen Hund in Korsika, der hat unheimlich scharfe Ohren und er hört aufs Wort! Ja, wirklich, hihi. Ich rufe dem Hund jetzt, in dieser Sekunde nämlich zu: Sitz!! ... und er wird gleich, hinter der nächsten oder übernächsten Kurve brav am Wegesrand sitzen, ich schwör! Sitz, Bruno, sitz!! So heißt er nämlich."

Eine Minute später fuhr der Kleinbus langsam an einer bizarren Felsformation vorbei, der Fahrer rief nochmals gackernd „Sitz, sitz!" und man erkannte in der Formation einen Felsen, der wie ein liegender Hund aussah.

Das Restaurant war voll, das Essen gut und Clement, der hier das alleinige Rederecht genoss, schmückte es mit Ausflügen in die Kochkunst, die Geschichte, den Nationalismus und die damit vermengten Mafiaclan-Strukturen Korsikas. Die Rückfahrt, die wegen zweier Gläser Wein beschwingter stattfand und auf der Clement den Fahrer mit weiteren Androhungen der Prügelstrafe belegte, schien kürzer. Als sie im Camp ankamen, war der Nachmittag weit fortgeschritten. Die Sonne brannte immer noch, das Thermometer zeigte 35 Grad. Felix ging wieder in sein Zelt und ruhte sich aus. Er beschloss, das Abendessen ganz zu überspringen und erst etwas später zur anberaumten Strand-Cocktailparty zu gehen.

Marina sagt Hallo 1

Er war kein Mann, der denselben Fehler zweimal macht. Andererseits: wiederholen sich Fälle? Ist nicht jeder Fall ein bisschen anders? Das hatte Felix gegenüber seinem besten Freund eingewendet, als das Kennenlernen mit Marina bereits vereinbart war. Diesmal war es anders und es würde noch mehr anders werden. Auch sie hatte er zunächst auf einem Foto gesehen. Es waren professionelle Bilder. Mit ihren mittellangen blonden Haaren, hellblauen Augen und ihrer sportlich-schlanken Modelfigur war sie perfekt. Anders als andere Russinnen kam sie nicht in Pelz-

boas, Rüschen und überbordendem make up daher, sondern klassisch elegant. Und auch in Jeans. Diese und ein Bekenntnis zur klassischen russischen Literatur gaben für ihn den Ausschlag für eine Kontaktaufnahme. Wenn nur Eleganz zu sehen gewesen wäre, hätte er das als Signal gedeutet, dass Geld und Konsum ihre Hauptziele sind.

- „Worum sollte es ihr denn sonst gehen?", hatte sein Freund geschimpft. „Sie will sozial aufsteigen. Du bist deutlich älter und willst mit einem Model rumlaufen, das rein optisch außerhalb deiner Liga spielt. Weil du an so was in Deutschland nicht ran kommst."

- „Tja", hatte Felix gesagt und so getan als ob er sich wohl dabei fühle, „Ist es nicht toll, wenn mein Marktwert in Russland höher liegt? Als hätte das Leben da für mich noch was parat."

- „Drinnen ein Würstchen und draußen ein Fürstchen, wie es so schön heißt! Sie soll aber irgendwann doch zu dir nach Deutschland kommen, oder? Spätestens in seinem natürlichen Habitat wird dann aus Großfürst Felix ein Großwürstchen!"

Sprachlich war diesmal alles kein Problem, ihr Englisch war gut. Zu gut. Denn nach ihrer zweiten Email gestand Marina ihm, dass ihr Englisch so sehr zu wünschen übrig lasse, dass ihre beste Freundin Vicky ihr bei den Übersetzungen helfe. Zunächst zuckte Felix bei dem Gedanken zusammen, dass jetzt und in Zukunft eine Dritte eingeschaltet war in die Liebeshändel, beschloss aber dann, Marinas Offenheit und Ehrlichkeit als Pluspunkt zu werten. Sie erzählte ihm von ihrer früheren Karriere als Handballerin, ihrem Studium und ihrem Job im Management einer Fabrik, die ihrem Onkel gehörte und die vor einiger Zeit schließen musste. Seitdem war sie Geschäftsführerin einer kleinen Flughafenboutique für Kosmetika und Damen-Accessoires. Ihre Mutter kümmerte sich tagsüber um den kleinen Sohn.

Eine Konferenz in St. Petersburg stellte sich als gute Gelegenheit heraus, sich persönlich kennenzulernen. Im Anschluss an die Konferenz könne er am Wochenende bleiben, bot Felix an. Marina antwortete, das sei ausgezeichnet und schlug ein erstes Treffen mit ihr und Vicky für eine gemeinsame Stadtbesichtigung und ein Abendessen in einem Restaurant vor. Felix stimmte zu.

Sie könne ihn wegen ihrer kleinen Wohnung, in der auch ihre Mutter und ihr fünfjähriger Sohn lebten, nicht zu sich einladen. Andererseits sei es anrüchig, ihn in einem Hotel zu besuchen. Eine gute Frau komme nicht in ein Hotel. Felix zeigte Verständnis. Sie schlug vor, ihm ein kleines Apartment in der Nähe ihres Wohnblocks anzumieten, wo Platz und Ruhe sei, auch für sie zu zweit. Sie werde montags und dienstags frei nehmen, wenn Felix dann noch bleiben könne. Felix zeigte sich angetan und sagte zu. Ihre Freundin werde nicht immer dabei sein, sie selber verstehe eigentlich genug Englisch, auch wenn sie sich nicht gut ausdrücken könne. Felix verlieh seiner vollsten Zufriedenheit Ausdruck.

- „Ich denke, diese Sirenen haben dich, wo sie dich haben wollen. Vicky kuppelt, Marina lockt und du zahlst. Das ist entweder auf kleines Schröpfen angelegt oder auf das ganz große Schröpfen - die Eheschließung. Du bist naiv und Russland gefährlich", warnte sein bester Freund. Felix gab zu, dass wahrscheinlich einige Rechnungen auf ihn zukommen würden. Sie vereinbarten ein Sicherheitskonzept: Felix solle sich drei Mal am Tag entweder per SMS oder Email melden, stets mit Ortsangabe und Befindlichkeit, andernfalls werde der Freund das Konsulat verständigen. Der Freund riet außerdem dringend zu einer Entführungsversicherung. Felix erkundigte sich und meldete zurück, am günstigsten komme ihn eine spezielle Form der Entführungsversicherung - die Entführung durch Außerirdische. Der Freund meckerte

*- „Nimm das ernst! Du wirst noch an mich denken, wenn es soweit ist.
Oder du gewinnst endlich die Kontrolle über deinen Schwanz zurück und
lässt es ganz bleiben. Besser wär's!"*

Dieser Tag war anders als die anderen. Etwas war aus dem Takt geraten.
Nicht weil Felix heute sein eigenes Ding gemacht hatte oder weil die längs-
te Zeit im Camp schon vorbei war, sondern weil er sich nach vielen Annä-
herungen an die Miturlauber nun wieder von ihnen zu entfernen schien. Je
näher man Menschen kommt, desto stärker wirken manchmal die Absto-
ßungskräfte, überlegte er. Vielleicht waren es Phasen wie bei Kleinkindern,
die mit einem Mal fremdeln, obwohl sie doch kurz vorher noch allen Unbe-
kannten ihren Lutscher zum Ablecken angeboten haben. Er spürte, wie etwas in ihm sich von den anderen abgrenzen wollte, wie etwas fliehen wollte. Du hast sicher in den letzten Tagen zu wenig Unterschiede zwischen dir
und den anderen gemacht, sagte er zu sich, aber du darfst dich jetzt nicht
aus der Bahn werfen lassen. Du musst ein Gleichgewicht von Anziehung
und Abstoßung anstreben.

Mark stand da mit einer Bierflasche in der Hand, neben ihm der schöne
André, den Michael immerzu den Philosophen nannte, und neben beiden,
auf und ab hüpfend, Kate, seine Freundin. Weiter hinten am Strand sah
man Valeria vorbeigehen in Begleitung von zwei bislang im Camp nie gese-
henen jungen Männern mit dunkler Sonnenbrille des Typs Latin Lover.

- „Gomisch", meinte Mark, die drogen eene Sonnenbrille und dabei ist
es doch gor nüsch mehr so hell."

- „Sonnenbrillen sind viel mehr als ein Augenschutz", entgegnete Kate,
„sie sind Modeartikel."

- „Habta gehört, es gibt n kurzes Fußballmatch und ooch een Volleyballmatch. Keenen Wettkampf, einfach Freundschaftsspiele. Isch bin schon für Fußball angemeldet. Und een Planking-Wettbewerb im Anschluss. Da mach üsch ooch mit.“

Nein, das hatte nur Mark gehört.

- „Da hinten gönnt ihr eusch noch anmelden.“

Alle nickten. Da hinten, das war auch der Ort, wo Michael und Britta auftauchten. Man konnte weder von Hand in Hand, noch von Arm in Arm sprechen, aber Michaels Hand und Arm suchten beide den Körperkontakt zu Britta, während sie auf die Gruppe zukamen. Er schien glänzend gelaunt, strahlte übers ganze Gesicht. Felix schaute auf seine Füße. Er wollte das nicht sehen.

- „Nee, bei mir geht das heute nicht mehr, ich bin zu viel gelaufen heute Morgen.“

Als er wieder hochblickte, stand Michael alleine vor Mark und vor ihm. Britta war Richtung Cocktails abgebogen. Felix schaute weiterhin auf seine Füße.

- „Das wird ein Abend, Männer!“, rief Michael aufgeräumt. „Mal gespannt, was so alles passiert, und wer mit wem. Wir treten jetzt ja in die heiße Phase ein, ins Finale! Denn nach drei bis vier Tagen zeigt sich überall und immer, ob es neben dem Knistern auch zum Funkenübersprung kommt. Ihr wisst ja: Man kann nicht alle Frauen haben … aber man kann es versuchen.“

- „Weeß nüsch“, sagte Mark und wirkte wie ein Löschbecken, in dem sämtliche Funken der Liebe verglühen. Michael ließ sich nicht beirren:

- „Aber irgendwann muss man das Ganze fokussiert angehen. Wie schnell muss ein Löwe sein, um Zebras zu reißen? Schneller als alle Zebras? Neiiiin! Er muss nur schneller sein als das langsamste Zebra der Herde, der er gerade auflauert. Und deswegen", sprach er und klopfte auf Marks Schulter, „sind wir heute mit Lektion zwei dran. Frage: Wie erobere ich eine Frau? Und welche genau?"

Er konnte damit nur seine neueste Eroberung meinen. Britta. Britta war für ihn nicht das schmackhafteste, aber das langsamste Zebra gewesen. Sicherlich wollte er mit ihr prahlen. Vor allen Männern, so wie sie hier im Kreis standen. Felix wäre zur Cocktailbar geflüchtet, hätte nicht Britta dort gestanden, die sich dort mit Valeria unterhielt.

- „Na, indem ich ihre Seele erkenne und sie meine. Mir ist Seelenverwandtschaft das wichtigste", überlegte André laut und umständlich.

- „Das setzt im Allgemeinen voraus, dass wir alle eine Seele haben und im Besonderen auch die Frau, die du anbetest. Höchst unlogisch, Captain Kirk. Seht ihr das auch so?", wandte sich Michael nun an die anderen Männer. Felix antwortete nur ungern, aber dann brach es aus ihm heraus

- „Ja, nein, so ähnlich und doch anders. Ich bin ja selber ein Kopfmensch. Also will ich in den Kopf der Frau rein und mich dort umsehen. Ich will spüren, wie sie denkt und was sie denkt."

- „Der eine will in die Seele, der andere in den Kopf. Auf Äußerlichkeiten kommt es euch beiden überhaupt nicht an, naa-hiiin! Es sind nur die inneren Werte, nicht wahr? Wir beide hingegen, Mark und ich, wollen in die Muschi. Das klappt übrigens am besten, oder, Mark?" lachte Michael und knuffte ihn.

- „Für düsch vülleischt", schnappte Mark. Michael ignorierte das und wandte sich an Felix:

- „Aber es geht vor allem um die Eroberungstechnik. Felix, du bist der typische Bieger!"

- „Wasn das?"

- „Das ist jemand, der die Frauen nicht im Sturm erobert, sondern sie sich hinbiegt. Der Geduld hat, der zugleich nicht das Ziel aus den Augen verliert. Du biegst sie ganz langsam, bis sie dir geneigt sind. Der Neigungsbiegewinkel wird in der Folge immer größer und schließlich liegen sie in der Horizontalen. Hundertachtzig Grad. Wie dieser Zaubertrick mit dem Schweben. Und sie haben meistens nicht begriffen, wie sie da hinkamen. Ich weiß nicht, wie gut das klappt, aber es ist eine veritable Technik."

- „Und was bist du? Ein Brecher?"

- „Ein Herzensbrecher, genau!", war Michaels wohlige Antwort. „Ich brande an. Und nein, das ist keine Dreistigkeit, das ist einfach mein Charisma, denn auch wenn ich manchmal zurückgeworfen werde - ich brande einfach wieder an. Widerstand ist zwecklos, er wird überflutet oder unterspült. Ich bin unmittelbar!"

- „Unvermittelbar?"

- „Nein. Unmittelbar. Denn die meisten Menschen werden in ihrem Lauf gehemmt."

- „Den Sozialismus in seinem Lauf hält weder Ochs noch Esel auf", fiel Felix ein.

- „Mach dich nur lustig. Du bist nämlich so ein Ochse."

- „Ich? Wieso denn?

- „Weil du grübelst. Weil du dich immer fragst, ob du nicht alles falsch mit dem Objekt deiner Anbetung machst. Ob sie dieses mag oder jenes hasst. Das hemmt und trägt den Keim des Scheiterns in sich."

- „Aha!"

- Und dann gibt es da noch die anderen. Denen ist vielleicht die Frau egal. Aber sie spiegeln sich ständig selber. Die fragen sich: Bin ich schick? Wie sieht das aus? Sitzt die Frisur? Bin ich authentisch?"

- „Peinlich!"

- „Eben, und das hatten wir doch schon unten am Strand in diesen Tagen. Ich bin frei davon und sage mir: Wer sich fragt, ob er authentisch ist, hat schon aufgehört, es zu sein. Also komme icke und ick mache, wa? Ob ich alles richtig mache, weiß ich nicht - ich kenne die Frau ja noch gar nicht, aber das kriege ich raus. Und zwar, indem ich mich zeige."

- „Indem du bist, wie du bist."

- „Nee, das klingt mir zu sehr nach billiger Parfumwerbung. Indem ich unmittelbar bin! Ich bin der Postmann, der zwei Mal klingelt."

Michaels Augen blitzten, sein Gesicht glänzte. Zufriedener mit sich konnte keiner sein. Dann zeigte er sich plötzlich abgelenkt:

- „Gleich beim Volleyball schaue ich natürlich zu. Hoffentlich findet der in originaler Beach-Volleyball-Kluft statt. Knapp, knapper, am knappsten. Ich liebe das und ich liebe es, wenn die Mädchen hochspringen am Netz! Sie gucken auf den Ball - wir Jungs auf die Bälle."

Eine Minute später war Felix doch an der Cocktailbar und wartete auf seine Caipirosca, heute im Angebot für 5,50 Euro.

- „Was trinkst du?", hörte er Brittas Stimme hinter sich. Er drehte sich schwerfällig um. Da stand sie und Valeria auch. Die beiden vertrugen sich also noch miteinander.

- „Jedenfalls nicht Sex on the Beach", sagte er, „auch wenn hier alle an nichts anderes denken."

- „Ist doch lecker! Und woran denkst du? An deine Laktatwerte beim Laufen?", fragte sie.

- „Denk ich an Deutschland in der Nacht... dann bin ich um den Schlaf..." antwortete Felix.

- „Apropos Deutschland", griff Britta das auf, „Valeria kommt aus München..."

- "...unde aus Bologna", ergänzte diese, „kennst du Bologna, Felix?"

- "... und ich aus Mannheim", fiel Britta ein. „Und du?"

- „Köln. Mannheim ... warte mal, das ist doch die Stadt mit den Straßen ohne Namen. Mit dem Bahnhof, an dem man immer umsteigen muss. Wo ich meine Anschlüsse nach Freiburg, Heidelberg oder Frankfurt nicht mehr kriege."

- „Ah johoo, des war früher schon mal bessa!", wurde er im kurpfälzischen Singsang beschieden.

- „Der Bahnhof ist immer voll von gestrandeten Passagieren. Die ganze Stadt ist voll!"

- „Nun übertreib mal nicht."

- „Mannheim wurde von gestrandeten Zugpassagieren gegründet! Leute, die fort wollten, die aber eingesehen haben, dass sie es nicht mehr schaffen. Welchen Zug hast du denn verpasst?"

- „Ok, ich gebe zu, dass ich jetzt nach dem Studium eigentlich lieber in den schönen Süden will. Nach Passau, nach Freiburg, nach München oder so. Nicht, Valeria?"

Valeria nippte missmutig an ihrem Cocktail und reagierte nicht.

- „Sie ist wütend wegen der zwei Typen eben", kommentierte Britta freimütig. „Die kamen von irgendwo und sind einfach hinter ihr her gegangen."

- „Ach so, ich dachte, das sind deine neuen Bekannten", sagte Felix an Valeria gewandt.

- „Nein, überhaupte nichte! Das sinde zwei Araber, die französisch und englisch gesprochene haben und nichte gehen wollten. Ich habe kschsch kschsch gemachte, aber sie waren immer da, mehre alse eine halbe Stunde", erklärte Valeria und machte eine abwehrende Handbewegung. „Was glauben diese Menschen? Dass ich eine Muslim-Müütze anziehe?"

- „Eine was?"

- „Eine Müütze", wiederholte sie und ahmte mit den Händen eine Kopfbedeckung nach, „wie der Islam."

- "... also ich weiß nicht, welche Mützen man im Islam verwendet..."

- "Eine Mütze für Frauen! Wie sagte man?"

- „Ach so", schaltete Britta sich ein, „ein Kopftuch, ein Schleier für die Muslimas!"

- „Ecco", bestätigte Valeria erleichtert.

- „Ach so. Naja, den Schleier wollen sie aber doch nur, wenn sie dich heiraten."

- „Ja, und dann heiraten sie ein, zwei, drei Frauen außerdem! Mille gracie!"

- „Also die Frage ist schon, wie solche Stalker hierher kommen", fand Britta, „die waren nämlich schon auf dem eingezäunten Campingplatzgelände die ganze Zeit hinter Valeria her."

Marina sagt Hallo 2

Marina und Vicky holten Felix bereits freitags vom Hotel ab. Sie unternahmen eine Stadttour mit Fahrer, den Felix zu bezahlen hatte. Marina war nicht weniger schön und weniger sportlich als auf den zugesandten Fotos. Diese Feststellung gab Felix einiges Vertrauen zurück. An manchen Sehenswürdigkeiten hielten sie an. Der Fahrer machte Fotos von beiden vor dem Winterschloss, so als seien sie bereits ein Paar. Marina sagte nicht viel und schaute Felix wenig an. Sie war Ingenieurin und wenn sie redete, mischte sich etwas Männliches in ihre zarte Weiblichkeit. Wein und Vodka beim Abendessen ließen die Stimmung ausgelassener werden. Die weitaus größten Redeanteile hatte Vicky. Sie erst habe Marina auf die Idee gebracht, es mal mit einem Deutschen zu probieren, sie sei nämlich selber in zweiter Ehe mit einem verheiratet. Ihrer rede allerdings sehr gut russisch. Zwischendurch übersetzte sie. Viel drehte sich um den nächsten Tag. Felix werde morgens um 11 abgeholt und ins Apartment gebracht, Marina arbeite bis zwei, danach würden sie dann bei ihr zu Mittag essen und dann sehe man. Er solle Bargeld dabei haben für Fahrer und Apartment, Euro gingen auch. Am Sonntag könne sie, Vicky, nicht dabei sein, aber bis dahin würden sie sich ja schon besser kennen und Verständigungsmöglichkeiten entwickelt haben, nicht wahr?

Am nächsten Morgen fragte sich Felix, warum er das schöne, zentral gelegene Hotel eigentlich verlassen musste, als er in immer grauer werdende Plattenbau-Vorstädte gefahren wurde. Sie hielten an einem Hochhaus, das seiner Meinung nach alt und hässlich war, vor dem jedoch ziemlich teure Wagen standen. Das Apartment war praktisch, aber verraucht und, weil es im neunten Stock lag, stürmte es, sobald man das Schiebefenster öffnete. Sein Viersterne-Hotel war billiger gewesen. Ob es ihm gefalle. Ja, sagte er. Es war seltsam. Es stellte sich heraus, dass er in Vickys Wohnhaus gelandet war. Sie wohnte mit ihrer Familie im vierten Stock, so dass er um zwei Uhr, als er zum Mittagessen gerufen wurde, nur mit dem Aufzug hinunterfahren musste. Vickys Mann war tatsächlich Deutscher, hatte noch in der alten DDR russisch gelernt und hatte ein kleines Bauunternehmen.

- „Ich weiß, was du jetzt denkst. Die ganze Korruption! Da kann ich dir ein russisches Lied von singen", erzählte er Felix. Er war auch in einem Männerchor.

Marina wirkte heute lebhafter. Sie half Vicky kaum mit Küche und Tischdecken. Felix überlegte etwas unentschlossen, ob er sich anbieten sollte und entschied sich dann dagegen. Das Gespräch kreiste viel um Dinge, die schön sind und die man sich kaufen wollte. Und schließlich auch ein wenig um das westliche Europa, das Russland so schnöde behandele.

- „Was seid ihr eigentlich mehr: Kommunisten oder Kapitalisten?", fragte Felix.

- „Nationalisten", rief Vicky und lachte.

Nach dem Dessert, das aus eingemachten Früchten und Eis bestand, brach Marina auf. Sie müsse nach Hause, ihr Sohn habe eine schlimme Erkältung. Marina komme aber morgen wieder, versicherte Vicky, da habe sie den ganzen Tag frei. Bei der Verabschiedung vor der Aufzugtür drückte Felix Marina ein kleines Geschenk in die Hand. Sie freute sich und es kam ihm vor, als sei es das erste Mal, dass ein Lächeln in ihrem Gesicht stehen blieb. So als hätte es sich darin verloren und würde nicht mehr herausfinden.

- „Tommorrow at eleven I here, then we walk in park", versicherte sie ihm eigenstimmig und dann verabschiedeten sie sich mit einer Umarmung. Den Rest des Tages verbrachte Felix alleine im verrauchten Apartment mit seinen Konferenzunterlagen und einem internationalen Fernsehsatellitenprogramm.

Seine Beklommenheit nahm im Laufe des Sonntags vormittags dadurch zu, dass sein bester Freund, der per Email erreichbar war, ihn in Alarmstimmung versetzte:

- „Du hast einen Wohnungsschlüssel, aber du bist in einer gottverlassenen Vorstadt! Sie haben dich da so gut wie eingesperrt. Du bist bereits entführt, und du selber merkst es nicht mal“, schrieb er.

Felix wendete ein, dass es mehr die Sinnlosigkeit des Wartens auf die wortkarge Marina und die Tristesse der Plattenbauten waren, die ihm zusetzten. Gerne hätte er außerdem die Museen und Paläste der Stadt besichtigt und davon war er nun ganz abgeschnitten. Um zwölf Uhr erreichte ihn eine Email von Marina, in der stand, dass ihr Sohn Fieber habe und sie daher noch nicht habe kommen können. Willst du überhaupt kommen? hörte er sich fragen. Um halb zwei Uhr kündigte sie an, sie wisse nicht genau, ob sie heute noch kommen könne. Morgen arbeite sie, dann würden sie sich am frühen Nachmittag treffen.

Wieso arbeitete Marina morgen? Zuvor hatte sie ihm doch geschrieben, sie mache zwei Tage frei. Er, Felix, hatte sich ja auch frei genommen. Und dann arbeitet sie, ihre Mutter passt also auf den kleinen Sohn auf, aber heute, Sonntag, war das anders? Da musste sie zuhause sein? Felix Nerven lagen blank. Er verwarf die Idee, die Gesellschaft Vickys und ihres Mannes zu suchen, sich die Lage von ihnen erklären und sich trösten zu lassen. Wahrscheinlich waren sie ohnehin nicht zuhause. Er wollte fort, er wollte in ein Hotel im Zentrum. Raus. Weg. Über alle Berge. Er klappte seinen Koffer zusammen, bestellte den Aufzug und betete, dass der nicht im vierten Stock anhielt. Die resolute Vicky würde ihn nicht gehen lassen. Der Portiersfrau übergab er mit schnellem Pulsschlag den

Schlüssel zusammen mit einem Papier auf das er die Apartmentnummer geschrieben hatte. Doswidanje.

Er ging ein ganzes Stück, um einen sicheren Abstand zum Haus zu gewinnen. Er war auf der Flucht. An einer Kreuzung wartete er, bis eines der Taxis, denen er winkte, endlich anhielt.

- „Metro Station" sagte er dem Taxifahrer mehrere Male, erst englisch, dann deutsch. Der schüttelte den Kopf und begann zu reden. Im Hotel hatte Felix einen Stadt- und Metroplan abgegriffen, den er nun zeigte. Metro Station. Der Taximann nickte und redete weiter.

Im Zentrum der Stadt setzte Felix sich in ein Touristenrestaurant mit Internet-Anschluss, buchte ein Hotel für die nächsten Tage und schrieb Marina eine Email. Einen Moment lang hatte er mit dem Gedanken gespielt, ihr zu sagen, dass er nach der Konferenz spontan in eine Arbeitsgruppe berufen worden sei, die sich nun bis Dienstag im Zentrum in einem Hotel treffe, und da er Vicky nicht gesehen habe, habe er die Schlüssel bei der Portiersfrau abgegeben. Das tat er aber nicht. Er schrieb ihr die Wahrheit: Dass er Langeweile gehabt hatte, dass die Wohnung ihm nicht gefalle und dass er sich die Museen und Paläste von St. Petersburg anschauen wolle. Daher habe er seine Sachen gepackt und den Schlüssel bei der Portiersfrau gelassen. I am sorry, schrieb er. Wenn Marina allerdings wolle, könnten sie sich im Zentrum treffen. Morgen oder übermorgen. Das schrieb er ohne Hoffnung. Und mit einem faden Geschmack im Mund.

Was ihm einfalle, schrieb sie in wackligem Englisch zurück. Warum er nicht mit Vicky geredet habe. Die sei immer für ihn da gewesen. Für beide. Er sei davon gelaufen. Er sei ein Feigling. Seine Entgegnung bestand darin, darauf hinzuweisen, dass er entgegen aller Absprachen und In-Aussicht-Stellungen eigentlich nur gewartet habe. Viele, viele Stunden. Sie schrieb, dass ein kranker Sohn die Mutter brauche. Und eine Frau ei-

nen starken Mann, der ihr vertraue. Der warten könne. Ein weiteres Tref-
fen lehnte sie ab.

- „Siehst du, außer Spesen nichts gewesen", kommentierte sein Freund
die Vorfälle aus der Ferne. Felix antwortete nicht darauf. Er war erleich-
tert, frustriert und wütend in einem. Es muss sich nun endlich etwas än-
dern, beschloss er. Und zwar grundlegend.

Als Michael breit lächelnd auf sie zukam, ging Felix. Schau nicht zurück, sagte er zu sich, während er Mark, André und Kate ansteuerte.

- „Stellt euch vor, Valeria wird von zwei Arabern verfolgt und hat mittelfristig Angst, von ihnen zum Kopftuch gezwungen zu werden."

Das verstehe er total, entgegnete Mark.

Was andere Leute nur immer gegen Kopftücher hätten. Seine Mutter habe viele, viele Jahre lang sehr oft Kopftuch getragen und sei immer gut damit gefahren, wandte André ein.

- „Echt jetzt? Ist sie zum Islam übergetreten?"

- „Nein, aber zum Auto mit Verdeck. Sie hatte viele Jahre ein Cabrio von Porsche. Mutter ist eine Dame von Welt und benötigt ein Kopftuch, damit der Fahrtwind nicht jedes Mal die Frisur zerstört, versteht ihr? Heute fährt sie den normalen Porsche 911", lachte er.

- „Seeeehr lustig", meinte Felix, „aber es zeigt natürlich, wie unterschiedliche Kulturen Textilien unterschiedlich nutzen und unterschiedlich besetzen. Der Stamm der Porschefahrerinnen halt anders als der Stamm der Musulmanen."

- „Was machst du, André, denn dann eigentlich in diesem Billigcamp? Und du, Felix, du verdienst doch ooch schon richtig Geld", wollte Mark wissen, „warum gäht ihr nüsch in eine vernünftige Ferienanlage mit Vollbangsion und Swimming Buull?"

- „Na, meine Mutter hält mich kurz, und Kate und ich studieren ja noch. Wir brauchen eigentlich auch gar nicht mehr. Das einfache Leben ist doch schön", antwortete André philosophisch. Dem schloss Felix sich an, fragte sich aber, wie eine Porscheschwiegermutter reagiert, wenn die Schwiegertochter Hippyhosen an hat, die vor Schmutz starren.

Es wurde zum Fußball- und Volleyballturnier aufgerufen, beide fanden parallel statt. Mark war beim Kicken dabei. Felix hatte versprochen, das Team von Mark anzufeuern, aber seine Rufe blieben ihm ziemlich im Hals stecken. Mark wurde umspielt wie ein Straßenkegel. Er konnte keinen einzigen Ball vernünftig stoppen und weiterspielen.

- „Er hält Beine und Füße irgendwo hin. Meistens ist da nichts, manchmal allerdings das Bein eines Gegners", bedauerte Felix ihn.

- „Er stochert damit herum", bestätigte Michael, der plötzlich hinter ihm stand, „wir Mathematiker nennen das Stochastik. Damit könnt ihr Wirtschaftler doch sicher auch was anfangen.

- „Durchaus. Die Wahrscheinlichkeit, dass Mark den Ball trifft, ist extrem gering."

- „Die Wahrscheinlichkeit, dass Michael das Volleyballspiel optisch besser gefällt, ist hingegen extrem hoch", sprach Michael und ging weiter.

Aber es war nicht nur Mark. Der Torwart seines Teams bestand irrsinnigerweise darauf, seine Hände und Arme nicht zum Einsatz zu bringen und drei weitere Spieler liefen aufgeregt durch den Sand immer nur dem

Ball hinterher, so dass der Torwart immer wieder alleine vor mehreren Angreifern stand. So stand es nach zwanzig Minuten, als das Spiel endete, 7 zu 1.

- „War ja nur ein Freundschaftsspiel, kein Wettbewerb, und ich habe die Tore auch gar nicht mitgezählt", tröstete Felix und dachte an das 7:1 Deutschlands gegen Brasilien in der Fußballweltmeisterschaft.

- „Gonnste ooch nüsch, des waren zuviele!", stöhnte Mark.

Ein Spieler der Gegnermannschaft kam auf die beiden zu. In Anspielung auf Marks grüne Sporthose sagte er

- „Komm schon, Hulk! Kopf hoch! Es muss nicht jeder Fußball spielen können. Ihr habt bestimmt andere Qualitäten. Zum Beispiel seid ihr gute Verlierer, weil ihr uns jetzt auf ein Bier einladet, oder?"

Mark fuhr aus der Haut.

- „Beleidischen lass isch misch von dir nüsch, du Orsch."

- „Ok, dann halt keine guten Verlierer, dafür aber umso mehr Hulk", bekam er als Antwort und Felix musste Mark zurückhalten, sonst wäre er auf den Jungen losgegangen.

Im Anschluss standen Planking und eine Wahl an. Eine lautsprecherverstärkte Stimme kündigte an

- „Alle mal herhören. Der Plankingwettbewerb findet nun statt! Weil er so hart ist bekommen der männliche und die weibliche Gewinnerin je zwei Flaschen Bier als Siegespreis, die zweiten eine. Durchhängen kann zur Disqualifikation führen und ist schlecht fürs Kreuz, es gibt jede Minute einmal fünf Liegestütz und dann drei seitliche Planks, je drei rechts und drei links.

Clement macht die Ansagen - und hört bloß auf ihn, der versteht keinen Spaß und schmeißt Cheater sofort raus. Wer nicht mehr kann, hört auf. Wer übrig bleibt, gewinnt. Quält euch!"

Über zwanzig Personen nahmen teil, aber es war Mark, der die in ihn gesetzten Erwartungen in vollem Umfang erfüllte.

- „Isch bin noch nüsch mol ziddrig", versicherte er tapfer, als er Felix eines der gewonnen Biere spendierte. Zwei Mal pro Woche habe er das gemacht im Fitnessstudio. Für Fortgeschrittene. Von nichts komme nichts. Daneben natürlich das ganze andere Fitnessprogramm mit und ohne Gewichte.

- „Genützt hat es mir oba nüsch. Ficken will immer noch keene mit mir". Felix schaute ihn mitfühlend an und hielt die Bierflasche hoch, um mit ihm anzustoßen.

Wieder knisterte der Strandlautsprecher.

- „Alle mal herhören! Die Sportwettbewerbe sind zu Ende, aber nun geht es um die Wahl des Strandkönigpaars. Strand deswegen, weil wir hier nicht im Dschungel sind. Paar deswegen, weil wir nicht sexistisch sein wollen. Und Könige nicht unbedingt in Sachen Schönheit, sondern in Sachen Ausstrahlung und Attitude. Ich hoffe, ihr berücksichtigt das, wenn ihr nachher klatscht, denn es gewinnt das Paar, dass am meisten beklatscht wird. Das Paar, das die größte Klatsche bekommt, genau!

Jetzt werde ich hier gefragt: Was ist ein Paar? Das sind schon mal zwei, richtig. Ein Paar ist sowohl dasjenige, das hier im Camp zu zweit ankam und das nach einigen Tagen Cool Tours tatsächlich immer noch zusammen ist. Ein Paar ist aber auch, wer sich hier in den letzten Tagen gefunden hat. Oder diejenigen, die jetzt gerade nebeneinander stehen und Bock drauf haben, sich wählen zu lassen und eine wundervolle Freundschaft zu beginnen. Ihr habt fünf Minuten Zeit, euch zu berappeln. Männer: denkt daran, wenn ihr eine Frau ansprecht und sie nein sagt, dann heißt das nein. A no is a no. Wir haben aber außerdem eine Jury, die auf Paare, die ihr aufgefallen sind, eigenständig zugehen wird und sie freundlich fragen wird, ob sie nicht kandidieren wollen. Sonst werden wir unser sixpack Bier für die Gewinner am Ende nicht los und müssen es selber trinken. Und das alles nur, weil hier keiner Attitude gehabt hätte. Alles klar?"

Es gab nun einige Bewegungen in den Gruppen. Felix spähte zu Britta hinüber um zu sehen, ob Michael ihr vielleicht gerade vorschlug, als Paar zu kandidieren. Es schien nicht so, beide waren in ein Gespräch vertieft. Nur Valeria schaute kurz zu ihm herüber und schien sogar ein wenig zu lächeln. Ein schlanker Junge, vermutlich jünger als sie, stellte sich vor sie und sagte etwas. Sie schüttelte den Kopf, danach waren ihre Mundwinkel wieder unten. Szenen wie aus der Tanzschule, dachte Felix.

Nach vielem hin und vielen her wurden sieben Paare vorgestellt. Sogar Clement mit seiner jungen, prallen Bewunderin war dabei - wider Willen, wie der Moderator allen sagte und auf Wunsch der Jury. Sie wurden Vize-Strandkönige.

Am meisten Applaus bekamen nicht völlig unerwartet André und Kate. Ersterer strahlte mit glänzenden Augen durch seine Nickelbrille und Locken hindurch ins Publikum. Kate, die sich eine Blume in ihr braunes Haar gesteckt hatte, hielt den Sixpack Bier triumphierend in die Höhe und marschierte dann zu Mark und Felix durch. Felix freute sich über die zweite Biereinladung des Abends.

- „Das habt ihr euch verdient, ihr mit eurer Attitude", sagte er und grinste.

- „Prost, Beach Queen und Beach King", rief Michael, der sich hinzugesellt hatte. Er flüsterte Felix ins Ohr, dass er nicht wisse, was Attitude sein solle, aber jeder der beiden sei für das jeweils andere Geschlecht jedenfalls in hohem Maße fickbar. Und ob er gesehen habe, dass Kate jetzt zwei Six-packs habe, einen in der Hand, den anderen um den Bauchnabel herum. Diese Frau sei ein Dozenpack. Sie sei eine geile Beachbitch.

Als Britta zu ihnen trat, legte Michael seinen Arm um sie. Sie verhielt sich, wie Felix aus dem Augenwinkel feststellte, nicht abwehrend, stellte jedoch auch keine größere Nähe her.

- „Jetzt geht es wieder rüber in die Campingplatzbar auf die Tanzfläche", sagte sie. Am Strand müsse abgebaut werden. Das Tanzen sei ja nicht so Felix' Ding, stellte sie fest und schaute ihn provozierend an. Wieso, entgegnete der, er habe jahrelang Tango getanzt.

- „Ah, das ist ja wohl was ganz anderes", erwiderte sie etwas erstaunt.

- „Wieso, das ist ein Tanz!?" erwiderte er pampiger als beabsichtigt.

- „Schon, aber ein ganz anderer." antwortete sie. „Es gibt den Abrocktanz der in der ganzen Welt verbreitet ist. Mit und ohne Partner. Es gibt die klassischen Paartänze. Und dann gibt es den Tango. Oder, was ist der Grund, glaubst du, warum so viele deutsche Akademikerinnen über dreißig nach Argentinien pilgern um dort einen Tangokurs zu machen?"

- „Tun sie das? Keine Ahnung. Weil ihnen - wie mir - die Tangomusik gefällt? In all ihrer Tragik und all ihrer Depressivität?"

- „Ach was, die verstehen doch die Texte gar nicht."

- „Muss man auch nicht. Die Finnen mögen den Tango sogar noch mehr als die Argentinier, weißt du, warum? Weil sie diese dunkle Dramatik aus der Musik und dem Rhythmus heraushören. Die Texte verstehen die Finnen ebenso wenig wie die Privatdozentin für Kunsthistorik Frau Dr. Müller, die zu ihrem Open Tango Kurs nach Buenos Aires gereist ist."

- „Ok, du hast einen Punkt, das wird der eine Aspekt des Tango sein. Aber Frau Dr. Müller kauft sich nicht ein teures Ticket an den Rio de La Plata, weil sie tragisch und depressiv drauf wäre."

- „Sondern?"

- „Weil Tango, wie es heißt, der vertikale Ausdruck einer horizontalen Begierde ist."

- „Also wegen Sex? Meinst du wirklich?"

- „Wegen einer besonders eleganten Darreichungsform menschlicher Sexualität, ja. Es wird da nicht einfach so gepimpert. Der Mann führt, die Frau verführt", betonte Britta vornehm und mit Adel in der Stimme.

- „Tagsüber ist Frau Dr. Müller also Feministin, und dann bekehrt sie sich abends aus freien Stücken zum sexistischsten Tanz, den es gibt?"

- „Ich hab jedenfalls eine Freundin, die das so macht", bestätigte Britta.

- „Und was soll dann der ganze Feminismus?"

- „Meine Freundin hat dafür auch nur die Erklärung, dass sie ihn beim Tango - und nur beim Tango - an der Garderobe abgibt."

- „Und wie wünscht sie sich ihren Mann? Soll der das alles so mitmachen?"

- „Was heißt Mann? Männer!", kicherte Britta.

Forschungsfreie Zone 1

Schon bei einer Rede anlässlich einer Abendveranstaltung hatte es hinten und vorne nicht gestimmt. Minister Recktenwald, ein meist jovialer, immer rundlicher Saarländer, der seine Ernennung einerseits dem Regionalproporz im Bundeskabinett, andererseits dem Umstand zu verdanken hatte, dass niemand mit ihm gerechnet hatte, begrüßte die asiatische Botschafterin, die geduldig am zugigen Eingang auf ihn gewartet hatte, freundlich mit einigen deutschen Sätzen, in denen er seine Verspätung entschuldigte und ihre Eleganz lobte. Es war ein feierlicher Abend. Die Botschafterin bedankte sich artig und auf Englisch bei seiner Exzellenz für das Kommen, lächelte aber unsicher, da sie kein Wort Deutsch verstand. Noch bevor das Missverständnis aufgeklärt werden konnte, rief er ihr zu, dass er ihr Land noch in diesem Jahr besuchen werde und sich darauf freue, und schon ging es mit großem Gefolge in den überfüllten Saal. Der Minister war als so genannter key note speaker mit der längsten Rede des Abends der Stargast.

Die Botschafterin als Gastgeberin bedankte sich bei allen anderen anwesenden Würdenträgern, vor allem aber bei der Bundesregierung, für diesen gelungenen Abend, obwohl der gerade erst angefangen hatte. Ein deutscher Staatssekretär coolen Aussehens - er hatte einen grauen Zopf und keine Krawatte - war mit einem Grußwort an der Reihe. Er habe sich heute Abend Zeit genommen, obwohl noch Dutzende von Vorlagen auf seinem Tisch lägen, sagte er und seine Hände bildeten Stapel ab. Sein Minister sei auswärts unterwegs, jemand müsse das alles aber lesen und entscheiden, sein Haus produziere sehr viel Papier. Höfliches Lachen. Er sei hier, weil es ihm sehr, sehr wichtig sei, bei der Eröffnung dabei zu sein. Für die Fotoausstellung entschuldige er sich schon jetzt, er müsse gleich wieder los, für ihn werde es eine lange Nacht. Es sei ihm so wichtig, hier zu sein, weil er schon als Student, damals noch mit Rucksack, durch die Region gereist sei, sagte er - und das war glaubwürdig, weil er auch heute noch langes Haar hatte. Und eines habe er schon damals mit-genommen: den Respekt vor der Kultur. Gerade auch vor der Musik, so-viel könne er als Musiker sagen. Unverwechselbar. Jahrtausendealt. All das sei eine einzigartige Grundlage für exzellente Beziehungen zwischen unseren beiden Ländern. Kultur. Respekt voreinander. Jahrtausende.

Applaus. Felix flüsterte seinem Nachbarn zu, dass der Respekt in die-sem besonderen Fall verstärkt werde durch ein zwar nicht jahrtausende-altes, dafür aber stetig wachsendes Atomwaffenarsenal.

Dann war Minister Recktenwald an der Reihe, der sich zunächst bei der jungen, charmanten Moderatorin so lange ausschweifend bedankte, bis ihm einfiel, dass auch die Botschafterin als Gastgeberin des Abends als charmant zu bezeichnen war. Der Vortrag, den Felix ihm geschrieben hatte, kreiste um das Problem der Urbanisierung in Schwellenländern. Ein Prozess, der jetzt und in den nächsten Jahrzehnten hunderte von Mil-lionen Menschen vom Land in die explosionsartig anschwellenden Städte ziehen lassen würde. Aus armer Landbevölkerung würden arme Städter werden. Die Städte stehen mithin vor der immensen Herausforderung, Wohnung, Wasser, Strom, Transport und Nahrung für Milliarden Men-schen zur Verfügung zu stellen. An dieser Stelle des mit vielen beeindruck-enden Daten, wie Felix fand, gespickten Vortrages, ging dem Redner, der bisher brav aus dem Manuskript vorgetragen hatte, offenbar ein Licht auf. Ein Kollege hatte Felix zuvor auf eben dieses Risiko hingewiesen. Nun materialisierte es sich in Zeitlupe vor aller Augen und Ohren. Er, der Redner, stammte doch aus der tiefen saarländischen Provinz und hielt hier einen Vortrag, der Städte und Stadtentwicklung weit in den Vorder-grund rückte? Er, der glaubte, dass landwirtschaftliche Produktion die Welt aus der Armut führen würde und dass es also um ländliche, nicht um städtische Entwicklung ging?

- „Moment", unterbrach sich der Minister daher selbst, „Städte sind wichtig, das ist ja klar." Aber auch das Land sei wichtig. Beide müssten voneinander lernen und vor allem besser miteinander verschränkt sein. Dann wandere man auch nicht mehr in die Städte ab und man wandere auch nicht aus.

- „Wie ich immer sage", fasste er seine Erkenntnisse in seinem Dudweiler Heimatdialekt zusammen und holte tief Luft: „Stodt und Lond, Hond in Hond!"

Dies war unbestreitbar der Höhepunkt einer Rede, die von hier an lustlos auf ein Ende zuholperte, das fahrlässigerweise von Städten, Straßen und öffentlichen Verkehrsmitteln erzählte und nicht von Äckern, Waldschenken und Dörfern. Der Amtsinhaber klappte seine Mappe zu und verließ mit zahlreicher Begleitung den Raum.

Das sich an die Rede anschließende Experten-Panel zeigte innovative Ansätze der städtischen Entwicklung auf, die meistens etwas mit smartphone-apps zu tun hatten, manchmal etwas mit Bürgerbeteiligung. In deutlich gelichteten Reihen kam am Ende der Veranstaltung noch das Publikum zu Wort. Eine weißhaarige Dame erhob sich und sagte, auch sie sei Bundestagsabgeordnete und zwar aus dem Nachbarwahlkreis des Ministers. Sie habe den Experten hier gut zugehört. Nun aber wolle sie mal eine ehrliche Antwort auf eine ehrliche Frage: Ob einer der vier Herren und die eine Dame sich denn vorstellen könnten, im Alter, in ihrem Ruhestand immer noch in einer Stadt zu leben? Ob sie sich das wirklich vorstellen könnten?

Die fünf Panellisten schauten sie überrascht an.

- „Ja, durchaus können wir das", sagte einer stellvertretend für alle.

Die Dame schüttelte entgeistert den Kopf.

In der Disco des Campingplatzes war schon was los. Felix hatte keine Lust zu feiern. Schlimmer noch, er stellte wieder einmal fest, dass er nicht wusste, wie feiern geht. Er hatte keine Ahnung, in welchem Takt man tanzen, trinken, reden und grölen musste, damit sich das Wohlgefühl des Feierns einstellte, das man sich wohl als eine Mischung aus Eintauchen in die Musik und in die Stimmungslage einer Gruppe bei gleichzeitiger Annullierung bewusster Gedankenströme vorzustellen hatte. Felix wollte lieber noch ein bisschen reden und stellte sich mit seiner Gruppe an eine Stelle, an der die Musik leiser war.

Vor ihnen tanzte ein für hiesige Verhältnisse älterer, etwa vierzigjähriger Mann trotz der Hitze in einem langärmeligen Baumwollshirt, das Shirt hell, die Ärmel schwarz. Er tanzte mit geschlossenen Augen alleine vor sich hin.

- „Na, der will es aber alle wissen lassen", kicherte Britta.

- „Was denn, dass er gut tanzen kann und die Musik geil findet?"

- „Nein, dass er Tattoos hat."

- „Wieso, das sind doch lange Ärmel und was er drunter hat, sieht man nicht."

- „Aber ein so bescheuertes T-Shirt kauft man sich nur, wenn man auf voll schwarz-tätowierte Arme steht. Und weil man manchmal auch was Langärmeliges braucht und bedauert, seinen Körperschmuck nicht ständig vorzeigen zu können, kauft man sich dann so was. Dieses T-Shirt schreit förmlich, dass sein Träger Tattoos hat. Ich wette!"

- „Wette gilt und ist ein Bier wert. Schlag ein."

Britta reichte ihm eine warme, feste Hand. Es war das erste Mal, dass sie sich richtig berührten, dachte Felix. Sie hüpfte sofort auf den Mann zu und redete eine ganze Weile in sein Ohr hinein. Am Ende lächelte er und krempelte seine Ärmel hoch.

- „Just two", sagte er mit englischem Akzent und grinste. Ein sehr kleines auf dem rechten Unterarm und ein mittelgroßes, dessen oberer Teil verdeckt blieb, auf dem linken Oberarm.

- „Manno", maulte Felix, „das ist doch gar nichts und entspricht allenfalls dem englischen Bevölkerungsdurchschnitt. Das sind doch nicht die schwarz tätowierten Arme, von denen du gerade noch phantasiert hast!"

- „Klappe halten! Wort halten!", befahl Britta triumphierend und Felix ging zur Begleichung seiner Wettschuld an die Theke. Die Musik spielte

I bet that we could light up the sky

The big big bang, the reason I'm alive

When all the stars collide, in this universe inside

The big big bang

- „Ist doch komisch", sagte er zu Britta und Mark, als er zurückkam, „dass diese Terroristen alle den big bang, den großen Knall wollen. Wenn sie die Juden, Christen oder generell alle Ungläubigen fertig machen wollen, gäbe es oft doch viel effizientere Methoden als eine um den Körper geschnallte Bombe."

- „Also üsch fand die Flugzeusche im World Trade Cender zühmlisch effizient", sagte Mark.

- „Ja, aber stellt euch mal vor, sie hätten das Trinkwassernetz von New York oder den East River mit radioaktivem Müll verseucht. Das wäre viel einfacher und viel schlimmer gewesen."

- „Keine Ahnung, ob es wirklich einfacher gewesen wäre. Aber sie tun, was sie tun, weil sie Männer sind. Da muss es knallen und „bumm" machen. Für sie ist das ein Krieg und daher soll es auch so aussehen wie Krieg. Kann auch filmisch besser umgesetzt werden, mit krasseren Bildern. Männer wählen auch bei Selbstmord eine Pistole oder springen irgendwo runter. Weil es ihnen im Gegensatz zu weiblichen Selbstmördern egal ist, wie unschön sie mit herausgespritztem Hirn aussehen. Frauen vergiften sich", wusste Britta.

- „Dann dürfen wir darauf gespannt sein, zu sehen, was passiert, wenn Muslimas die Terrorangriffe ausführen", antwortete Felix. „Diese Frauen verstrahlen und vergiften uns dann alle gnadenlos!"

- „Jahaa, soooo einfach ist das nicht, Herr Felix! Brunnenvergiftung gilt von alters her als besonders hinterhältige Tat. Wir Frauen, die immer für die Versorgung der Familie mit Trinkwasser zuständig waren, würden das keinesfalls als Mittel der Wahl ansehen. Eher noch weniger als die männlichen Terroristen. Weil man ja sehr viele Unschuldige trifft."

- „Die Bassaschiere der Fluchzeusche und das Butzpersonal der Hochhäuser waren olso schuldisch?", schimpfte Mark.

- „Ach, nein, das wollte ich damit nicht sagen", lenkte Britta ein.

- „Ich bin beim Nachdenken auf etwas anderes gekommen", meldete sich Felix, „und das schließt an deine Idee an, Britta. Klar gibt es diese politische und gesellschaftliche Ebene mit der Frage, welche Mittel erlaubt sind und welche verpönt. Oder die Frage, wie die Tat in den Fernsehnachrichten aussieht. Aber ich glaube, dass so ein Anschlag etwas sehr Persönliches ist."

- „Sähr bersönlisch? Das iss jetzte aber sähr ärscherlisch", fauchte Mark. „Das finden die 3000 Doten der Hochhäuser gor nüsch, dass der Anschlag nur die Derroristen bersönlisch betrifft!"

- „Jetzt warte doch mal", versuchte Felix ihn zu beruhigen. „Ja, sie morden, aber sie begehen eben zugleich auch Selbstmord. Und Britta hat es ja schon gesagt: Da ist die ganz persönliche Frage: Wie will ich sterben?"

- „Und wie will ich hinterher aussehen!", unterbrach Britta.

- "... äh, ja, genau ... wo war ich stehen geblieben? Und da ist der Abgang von der Welt mit dem big bang, mit dem großen Knall einfach prächtiger. Versteht ihr? Er ist nicht so verdruckst und kränklich wie das Vor-sich-hin-sterben mit Radioaktivität im Blut. Er ist, auch wenn ihr jetzt sofort wieder protestiert, viel positiver. Ja! Er ist letztlich lebensbejahender!"

- „Letztlich ist er todesbejahender, würd ich sagen", setzte Britta dagegen.

- „Und daher wage ich hier und heute die Behauptung", sagte Felix im Bestreben, das wirklich letzte Wort zu haben, „dass Terroristen Wasser niemals radioaktiv vergiften werden, auch wenn das effizienter wäre. Eher, viel eher, zünden sie eine Atombombe. Das ist dann wirkllich der big, big bang!"

- „Eins muss ich euch lassen", rief Michael, der wenige Sekunden zuvor hinzu gekommen war und Felix nun strafend anschaute: „Das Feiern habt ihr drauf! Sowas von!"

Anna Clara sagt Hallo

Es gibt über vierzig Millionen Frauen in diesem Land, sagte er sich. Ich kann die schönen Russinnen jetzt mal schön sein lassen. Das Ergebnis einer Auswahl potenzieller Partnerinnen, die ihm ein professionell aufgezo-

gener Partnerschaftsfilter serviert hatte, der sich an Charaktereigenschaften zu orientieren versprach, hieß Anna Clara. Es waren natürlich mehr Frauen gewesen als nur Anna Clara, aber zwei antworteten nicht, drei fand er äußerlich unattraktiv und eine andere hatte eine komische Selbstdarstellung. Außerdem wohnte Anna Clara in der Nähe.

Sie war etwas älter als er und hatte zu seiner Überraschung einen bereits erwachsenen Sohn, war also sehr jung Mutter geworden. Nach der achten Email hatte er ihr ein Telefonat vorgeschlagen.

- „Diese Art, sich kennenzulernen, ist unnatürlich, das Telefonieren würde das noch unterstreichen", fand sie. „Ich könnte aber in dieser Woche mal abends bei dir vorbeikommen", hatte sie vorgeschlagen. Er hatte zugestimmt und sie spontan zum Abendessen zu sich nach Hause eingeladen. Mehr Natürlichkeit ist nicht möglich, hatte er sich gesagt. Vielleicht war das ein wenig zu schnell, aber er hatte Lust, etwas zu kochen und keine Lust auf eine lärmige Kneipe mit harten Holzstühlen. Dann stand sie in der Tür, ein Taxi hatte sie vom Bahnhof her gebracht. Kleiner und zarter als sie auf den Fotos gewirkt hatte, mit einer weiblichen, kurzen Frisur, einer angenehmen Stimme, mit viel Mimik und noch mehr Gestik.

Anna Clara: Sie hatte fast jeden Bissen seines Pfifferlingrisottos genossen und den trockenen, dazu passenden Grauburgunder ausführlich kommentiert. Die Wohnungseinrichtung hatte ihr immer wieder Fragen entlockt und kleine Ausrufe. Das Ölbild im Wohnzimmer hatte es ihr besonders angetan, sie würdigte die Ideen und die Technik mit gehöriger Präzision.

- „Schau, wie der Wind diese Pappeln bewegt, die sich doch nur ganz geduckt in einer getrennten Ecke des Bildes befinden. Weißt du, was das bewirkt? Es hebt die Statik der sonstigen Komposition total auf! Interessant!"

Nach einer Stunde wusste Felix, dass sie fünf Sprachen sprach, jahrelang in Italien unterrichtet, eine Doktorarbeit in Kunstgeschichte begonnen, aber noch nicht abgeschlossen hatte, dass ihr Sohn zwei Meter groß war und sich gut mit ihr verstand, was man von seinem Vater nicht behaupten konnte, dass sie jetzt seit einigen Jahren halbtags Französischlehrerin in einem Gymnasium war, um die finanzielle Grundlast zu stemmen und ansonsten als Freiberuflerin für Kunst- und Kulturmanagement tätig war. Nach zwei Stunden wusste er, dass sie an der Nähmaschine extrem gut war und sich ihre eigene Mode machte, dass sie von Yoga auf Pilates umgestiegen war, einfach weil es gezielter trainiert, und dass sie gerade eine Ausstellung zu deutscher Nachkriegsfotografie im Goetheinstitut in Budapest kuratierte. Sie konnte ihm zeigen, was sie ist - und genau das tat sie. Es war beeindruckend. Was er denn so mache?

- „Forschen und Nachdenken", wich er aus.

- „Tolle Menschen, diese Ungarn", schwärmte sie.

- „Kannst du ungarisch?", fragte er.

- „Nein, viel zu kompliziert. Aber mit den Älteren kann man oft deutsch reden. Ansonsten ist Englisch längst die Szenesprache, I beg your pardon?"

- „Ich mache gerne noch eine Flasche Rotwein auf", sagte er.

- „Au ja, aber andererseits fahre ich dann auch bald, bin zum Glück mit dem Zug da", kicherte sie und legte die Beine aufs Sofa.

- „Ein Glas!", sagte er gutmütig und goss ein. Eigentlich war es das, was man als angenehmen Abend bezeichnen musste. Die Sprache kam auf Musik. Ihr Exmann sei Jazzmusiker und es sei verrückt, ihr Sohn habe kaum je Kontakt zu seinem Vater gehabt, habe aber ein Saxophon und trete jeden Monat einmal mit seiner kleinen Band auf, nein, nein, nichts Professionelles, aber er sei ein Super-Amateur. Sie glaube ja, dass Jazz

vor allem Life-Musik sei, weil Improvisation vor allem life wirke, zusammen mit der ganzen Stimmung in einem Raum. Felix nickte.

- „Interessanter Wein", bescheinigte sie ihm und schaute ihn durch das erhobene Glas hindurch freundlich an.

- „Ich bin und bleibe Bordeaux-Fan, weil sie dort das Zusammenkippen verschiedener Weintraubensorten jahrhundertelang perfektioniert haben", erklärte er. „Außerdem habe ich auf Reisen im Süden Frankreichs so viele déja vues, dass ich in einem früheren Leben dort gelebt haben muss. Als Landadeliger und mit Blick auf die Pyrenäen. Beteiligt an einem der Kreuzzüge im 11. Jahrhundert, weil ich in der Hagia Sophia, der alten Kathedrale der Oströmer in Byzanz, also Instanbul, auch ein déja vue hatte. Ist das eigentlich Thema im Französischunterricht, den du gibst?"

- „Quoi - die Wiedergeburt ou le vin?", sagte sie mit französischem Akzent.

- „Die Genusskultur der Franzosen."

- „Naturellement", sagte sie so laut, dass er sich vornahm, ihr das nächste Glas Rotwein nur auf gesonderte Aufforderung hin einzuschenken.

- „Man muss über das reden, was ein Land auszeichnet. Was es gut macht. Woher soll sonst die Liebe zu einer Sprache und einer Kultur kommen?"

- „Das stimmt."

Sie war nun näher an ihn herangerückt und strahlte ihn an:

- „Das wäre jetzt der Moment, wo wir uns küssen könnten."

Die Worte entfalteten in dem polstergedämmten Wohnzimmer einen seltsamen Hall, der immer weiter wuchs. Es wäre falsch gewesen, zu sa-

gen, dass Felix erschrocken war, denn zum Erschrecken gehört ein Ver-
stehen. Felix hatte aber nur gehört. Er erlebte nun, wie sich mit dem Hall
der Worte die Dringlichkeit einer Reaktion von seiner Seite ausbreitete
wie eine Explosionswelle. Er erlebte die Gleichzeitigkeit der Erwartung in
ihren braunen Augen und einer erheblichen Pupillenweitung in seinen
blauen Augen. Er hatte bereits Nein gesagt. Noch bevor sie gefragt hatte.
Es war ein knappes, freundliches Nein. Er hatte es ihr jetzt gesagt und
auch schon vor einer halben Stunde, als sie ihm Details einer Ausstel-
lungsvorbereitung erklärt hatte und ihn in Bezug auf ihr nächstes, über-
aus großes und extrem ehrgeiziges Projekt mit dem Goethe-Institut einge-
weiht hatte, das ein Erfolg zu werden versprach. Und vor fünf Minuten
hatte er ‚Nein' gesagt, als sie ein bestimmtes Lächeln im Gesicht gehabt
hatte, das direkt auf ihn gezielt hatte. Er hatte es eigentlich schon gesagt,
als sie vor einigen Stunden die Treppe heraufgekommen, heraufgetanzt
war und ihn erwartungsvoll angestrahlt hatte. Obwohl er sie doch eigent-
lich adrett gefunden hatte. Adrett, aber nicht mehr. Jetzt hallte sein ‚Nein'
im Raum und ließ die Frage offen, wie zwei Menschen, die einen Lebens-
partner suchen und die das mit einem Gesprächsabend und zwei Fla-
schen Wein begangen haben, voneinander weg kommen.

Jetzt wird also gefeiert und ich habe Michael sogar ein bisschen eifersüchtig gemacht, dachte Felix, wies den Gedanken dann aber sofort von sich.
Nein, er, Felix, wollte nichts von Britta und sie vor allem nichts von ihm.
Sie und Michael hatten irgendwie zueinander gefunden in diesen Tagen
und das war alles, was zu sagen war. Find dich damit ab, sagte er sich und
folgte der Gruppe auf die Tanzfläche.

Die Leute wirkten heute ausgelassener und betrunkener als an den anderen Abenden. Es schienen sich tatsächlich neue Pärchen gebildet zu ha-

ben. Teamer Sven, heute wieder mit Hut, tanzte eng umschlungen mit einem Mädchen, das von Michael mit „Oh nein, die ist doch erst siebzehn" kommentiert wurde. Sie waren Felix am Strand aufgefallen, als Sven vor aller Augen ihren hinten zusammengeknoteten Bikini mit einer raschen Handbewegung gelöst hatte. Sie hatte Hilfe gerufen, war halb weinend, halb lachend in die Hocke gegangen und hatte die Arme nach vorne gerissen, um ihre Brüste zu schützen. Eine Freundin hatte den Knoten schließlich wieder befestigt, unter dem Gejohle von Sven und anderen Teamern. Teamer Hassan hatte zwei Mädchen um sich herum, die andere zu sein schienen als neulich. Sie schmiegten sich an ihn und zupften an ihm herum.

Felix spürte, wie müde er war und wie die Biere ihm zu Kopf gestiegen waren. Nach zwanzig Minuten hatte er genug und sah sich um, um sich von seiner Bezugsgruppe zu verabschieden und für das Frühstück am nächsten Tag zu verabreden. Denn es war das letzte im Camp - um die Mittagszeit fuhr der Bus nach Köln los. Genaue Uhrzeiten, hieß es, stünden leider erst nach dem Frühstück fest. Als er sich verabschiedete, nahm er aus den Augenwinkeln wahr, wie es im hinteren Teil der Tanzfläche Aufregung gab. Das musste ihn aber nicht mehr interessieren, sein Tag war vorbei und es war ein guter Urlaubstag gewesen.

Er ging zu seinem Zelt, wo seine Zahnbürste und Zahnseide auf ihn warteten für den letzten Gang des Tages hoch zu den Campingplatztoiletten. Die für ihn nächstgelegenen waren in hundertfünfzig Meter Entfernung, an einem Zaun entlang, der den Campingplatz zuerst gegen einen kleinen Parkplatz und dann gegen die Straße abgrenzte. Entlang des Zauns wuchs ein hohe, dichte Zypressenhecke. Er liebte es, in sie hineinzugreifen und die würzigen Nadeln mit der Hand zu verreiben und zu riechen. Es war sehr dunkel an dieser Stelle. Im Campingplatz waren einige Funzeln entlang der zentralen Wege aufgehängt, und die Straßenlaternen des Dorfes waren zu weit entfernt, um mehr als graue Schatten zu produzieren.

Während er sich die Zähne putzte, hörte er plötzlich aufgeregtes Gerufe und Gerenne. Das erste, was er identifizieren konnte, war der Ruf:

- „Er hat ein Messer!"

Zwei, drei, vier Leute liefen an den Toiletten vorbei und antworteten Felix nicht, als er fragte, von wem die Rede sei und wo dieser Mann sich befinde. Bis schließlich eine Frau anhielt und sagte, es seien einer oder mehrere, sie seien nicht vom Campingplatz und sie hätten in der Disco schon einen Streit miteinander angefangen. Sie seien dann zunächst runter zum Strand, dann aber plötzlich doch wieder hier oben gewesen, am Campingplatzeingang und mindestens einer habe ein Messer. Sie habe es nicht gesehen, aber das habe ihr jemand zugerufen, als sie abgehauen seien. Vielleicht derselbe, der eben gerufen hat, dachte Felix.

- „Ist er oder mehrere andere hinter euch her?"

- „Glaube nicht!"

Felix ging ein paar Schritte in Richtung Campingplatzeingang, aber es kamen ihm weitere Leute flüchtend und diskutierend entgegen und ihm wurde mulmig. Was sollte er jetzt tun? Zurück ins Zelt und abwarten? Wurden Leute einfach so abgemurkst von einem oder mehreren Betrunkenen oder Zu-Gekoksten? War es ein Streit zwischen zwei Männern oder zwischen zwei Banden? War es hier auf dem Campingplatz oder war es draußen?

Langsam und nachdenklich ging er an der dunklen Zypressenhecke entlang zurück zu seinem Zelt. Zuerst hörte er nur ein halb ersticktes, ängstliches Schluchzen jenseits der Hecke. Dann hörte er eine hohe, hektische, verzweifelte Männerstimme mit französischem Akzent.

- „Woman! I will kill all person."

Noch ängstlicheres Schluchzen.

- „I will kill all person. I will kill you."

Felix' Blut gefror. Was tun? Er musste jetzt losbrüllen „du Schwein, let her go" um den Mann von seinem Vorhaben abzubringen. Eigentlich. Oder wenigstens ablenken.

Jetzt.

Die Sekunden tickten weiter.

Jetzt.

War es wieder seine Angst? Weil der Mann vielleicht kein Messer, sondern eine Pistole hatte, die er ins Gebüsch abfeuern würde, wo er, Felix, stand? Die Sekunden tickten weiter und seine Angst wuchs. Die Angst, jetzt alles falsch zu machen. Für sich und für ein Mädchen, dem eine Waffe an die Kehle gehalten wurde. Dann jedoch hörte sich die Stimme ruhiger an.

- „But! I have a pity on you, woman! I have pity on you. You can live."

Felix konnte, so sehr er sich auch anstrengte, durch die Hecke zu spähen, nichts sehen außer ein unbestimmtes Flackern wie von einer Taschenlampe. Die beiden konnten nicht mehr als zehn Meter von ihm entfernt jenseits von Hecke und Zaun stehen und sie schienen allein zu sein. Er stellte sich einen kleinen Mann vor, der in dieser Sekunde zärtlich die Haut einer jungen Frau mit einem Springmesser streichelte, sie mit der anderen Hand festhielt und lächelte, weil er Macht hatte. Ein Einzeltäter, keine Bande, dachte er. Sollte er jetzt immer noch rufen? Nein, jetzt nicht mehr. Jetzt wäre falsch, was eben noch richtig schien. Es hätte zu Stress geführt und Stress würde dem Mädchen nichts nützen. Nein, er musste Bescheid geben, wem auch immer.

- „I have pity on you. You can live", hörte er wieder, als er schon Richtung Campingausgang trabte. Im nächsten Moment krachte irgendwo vor ihm ein Schuss, der ihn zusammenzucken ließ. Er spähte auf den großen Platz am Eingang und achtete darauf, dass Büsche ihn deckten. Von hier konnte der Schuss gekommen sein. Die Aufregung pochte in seinen Halsschlagadern. Die Leute auf dem Platz schienen jedoch seltsamerweise nicht beunruhigt. Es gab kleine Gruppen, die sich unterhielten.

- „Das war ein Warnschuss von Don Umberto", hörte er jemanden reden, „der hat die Faxen jetzt dicke." Felix konnte Don Umberto, den Besitzer des Campings aber nicht sehen, ebenso wenig einen der Teamer.

- „Dieser eine Typ ist völlig ausgerastet", sagte ein anderer, „als er gesehen hat, dass das Mädel, das mit ihm hier war, mit einem anderen runter zum Strand ist."

- „War das seine Freundin?"

- „Keine Ahnung, vielleicht haben sie sich auch nur gerade eben in der Disco kennengelernt. Jedenfalls hatte er das Gefühl, dass sie ihm gehört. Der richtige Zirkus fing aber erst an, als er wieder vom Strand hochkam, der Zirkus mit dem Messer. Er hat das Mädchen dabei gehabt und sie und alle mit dem Messer bedroht."

- „Schnell, ich brauche Hilfe!", sprudelte Felix los.

In diesem Augenblick überschnitten sich die Ereignisse. Es brach große Nervosität aus. Felix identifizierte Don Umberto, der sich, vor dem kleinen Verwaltungsgebäude des Campings stehend, mit mehreren Leuten zu beraten schien. Er wollte auf ihn zugehen, als zwei, drei kleine Gruppen auseinanderstoben und ein kleiner Kerl mit einem Messer breitbeinig im Campingplatzeingang erschien.

Das muss er sein. Wie im Western, dachte Felix. Das Mädchen war nicht bei ihm. Der Messermann fuchtelte mit seiner Waffe herum und schrie seinen Hass blindlings in eine Welt hinein, die ihm nicht geben wollte, was ihm zustand.

- „Where is a man!", fauchte er, offensichtlich bereit, den, der ihm sein Mädchen ausgespannt hatte, augenblicklich abzumurksen. Oder auch einfach den nächsten, der es wagte, sich ihm zu nähern.

Als Felix auf Don Umberto schaute, sah er, dass dieser ein zweiläufiges Schrotgewehr in einer Hand hielt, mit der Mündung nach oben. Umberto schaute aufmerksam in Richtung des Mannes und schien kurz davor, einen weiteren Schuss abzugeben, entweder in die Luft oder auf das Ziel vor ihm. Unterbrochen wurde dies von einem lauten Schrei hinter Felix. Er ging ihm durch Mark und Bein und hätte jeder Fantribüne in der Fußballbundesliga zur Ehre gereicht. Der Schrei kam von Clement, der einige Schritte auf den Mann zuging und sich ebenso breitbeinig wie er aufstellte.

- „Enough! Calme-toi", brüllte Clement in der Lautstärke eines Düsentriebwerkes. Dabei wickelte er langsam ein Handtuch um seinen linken Unterarm. Der schmächtige Franzose fuchtelte weiter wie wild mit seiner Waffe, war aber angesichts von drei Zentnern Kampfgewicht und 110 Dezibel Lärmpegel vor ihm deutlich verunsichert. Sein Zorn wurde weinerlicher, seine Drohgebärden kläglicher. Sie verebbten. Er konnte nicht gewinnen. Clement ließ dem Mann noch ein paar Sekunden Zeit, dann näherte er sich ihm so sehr, dass auch Weglaufen kaum noch eine Option war. Sie waren fast auf Armlänge. Ein weiterer eindringlicher Satz von Clement und der Mann steckte das Messer ein. Die Verhaftung durch Clement und Umberto fand ruhig, fast gelassen statt. Sie führten den kleinen wütenden Kerl ins Verwaltungsgebäude.

Auf dem Eingangsplatz bildeten sich wieder Grüppchen mit viel Gemurmel.

- „Umberto hätte diesem Arsch lieber eine Schrotladung verpassen sollen, dann wäre Ruhe in der Kiste gewesen", hörte er einen sagen.

- „Es war kurz davor, der hätte nur noch ein paar Schritte weiter gehen müssen, dann hätte er eine volle Breitseite ab bekommen. Die er sich redlich verdient gehabt hätte."

Alle gratulierten Clement für seinen Einsatz. Jeder erzählte, wie er die Situation erlebt hatte und was er selber und von anderen wusste. Felix war besorgt um das Mädchen. Zwar hatte der kleine Großkotz ihr großzügig versprochen, dass sie weiterleben durfte, aber war das sicher? Das Messer hatte er eben nicht gut sehen können, aber es hatte nicht geglänzt. War es benutzt worden? Felix fragte in eine Runde

- „Hat jemand eine Taschenlampe und kommt jemand mit? Wir müssen mal gucken, ob auf dem Parkplatz vor dem Camp alles ok ist. Der Typ hat da unmittelbar vorher ein Mädchen bedroht."

Zu viert suchten sie eine Viertelstunde lang alle Orte ab, die in den wenigen Minuten, die das Ganze gedauert hatte, erreichbar gewesen wären für einen Täter und sein Opfer.

- „Weißt du, wie die Frau aussah?", fragte einer der Mitsuchenden.

- „Keine Ahnung, ich habe sie nur schluchzen gehört, die Hecke ist ja völlig blickundurchlässig."

- „Hier ist niemand. Vermutlich ist das gut so."

Als sie zum Camp-Eingang zurückkehrten, war die Polizei bereits angekommen und fuhr mit dem Mann davon. Und Felix trat seinen Gute-Nacht-Gang ins Zelt nun endgültig an, leise vor sich hin pfeifend. Er hatte seine Sache nicht sonderlich gut gemacht. Aber auch nicht ganz schlecht, fand er. Kein Totalversagen. Die Tendenz stimmte. Das war wichtig. Die Dinge würden besser werden. Clement. Ja, der hatte alles richtig gemacht, der hatte sich echte Verdienste erworben.

- „Gute Nacht, du Pfeifer", rief es aus dem Zelt neben ihm, wo sich ein neues Paar gefunden hatte.

Anflug auf Mannheim

Es war das letzte Frühstück im Camp für Felix und für viele andere. Es begann so, wie der letzte Abend aufgehört hatte. Es war ein nine-eleven-Gefühl. Wie beim Einsturz der Hochhäuser des World Trade Centers in New York 2001 rekonstruierte jeder für sich und für andere, wo er gerade gewesen war, als die schrecklichen Vorfälle sich ereignet hatten, und was er oder sie dann getan hatten.

- „Der Held des Abends ist Clement. Aber ich mag ihn nicht", sagte Michael, „er ist so ein Scheincharismatiker".

- „Was soll denn das sein?", fragte Britta und zog die Augenbrauen zusammen.

- „Einer von denen, die den Eindruck, den sie bei anderen machen, ständig vergrößern müssen. Durch allerlei Tricks. Die so eine Bedeutungswelle vor sich herschieben. Vor allem bleiben sie immer ein bisschen rätselhaft, weil sie wissen, dass das wirkt."

- „Und das ist dir ja völlig fremd", antwortete sie überraschend giftig.

- „Naja, aber Clement kann nicht nur antäuschen und Wellen vor sich her schieben, sondern auch handeln. Das hat er gestern Abend bewiesen, als er den tobenden Otello entwaffnet hat", wandte Felix ein.

- „Na, bist du neidisch?", fragte Michael zurück. Felix spürte, wie ihn das traf.

- „Es hieß, das war eener von diesen Arabern. Das sünd vielleicht die gleichen, die gestern hinter Valeria her worn", mutmaßte Mark.

- „Nee, die hatten doch Sonnenbrillen", widersprach Felix.

- „Ober die gönn se ooch abnehm'!"

- „Glaub ich nicht, das waren doch deren besondere Merkmale. Steht bei denen bestimmt auch so im Pass."

- „Und dann ist Clement mit dieser mindestens zwanzig Jahre jüngeren Rothaarigen hier zusammen gekommen", ergänzte Tina, „die heute zurückfährt. Aber der macht das nichts aus. Sie schwärmt von ihm und sagt im selben Atemzug, dass es ein toller Urlaub war und dass der nun zu Ende ist und alles gut."

- „An dieser Einstellung gibt es nichts auszusetzen", entgegnete Michael augenzwinkernd. „Was hier im Camp geschieht, bleibt hier im Camp!"

Britta wirkte immer genervter und stand auf.

- „Wie fandet ihr denn eure Zeit?", wandte sich Felix an Tina und Fred. „Habt ihr viele Wandertouren gemacht? Weitere Müllhalden entdeckt? Und habt ihr alle Unterlagen zusammen für eure Regressansprüche an den Reiseveranstalter?"

- „Ja, haben wir", war die zufriedene Antwort. „Insgesamt war das ein Su-per-Ur-laub! Hat Spaß gemacht. Gerade auch mit euch!", meinte Tina fröhlich und ging mit Fred zum Buffet, um sich Kaffee und Brot nachzuholen.

- „Hä? Erklärt mir das mal einer? Die laufen hier tagelang rum und tun nicht als meckern und sammeln dann Fotos von verrosteten Wasserhähnen, gammligen Waschbecken und kaputten Laternen, die zeigen, wie schlimm alles hier ist - und jetzt strahlen sie zufrieden? Machen die Witze?" schimpfte Michael.

- „Bestimmt nüsch, die müssen zum Lochen in den Geller gehn", ergänzte Mark.

- „Die haben keinen Keller", kicherte Felix, „aber ich denke, die sind nicht happy, *obwohl* sie Beanstandungen haben, sondern gerade, *weil* sie

sie haben und sie nun so schön belegen können. Das ist für sie das i-Tüpfelchen auf einem rundum gelungenen Urlaub."

- „Was? Nee, verstehe ich nicht, vor allem die Tina nicht, aber da steckste nicht drin."

- „Stimmt, in der Tina steckt nur der Fred. Was ein Glück!"

Mit dem Ende des Frühstücks kam auch der Abschied näher.

- „Was macht ihr heute noch so?", fragte Felix Mark und Michael, um etwas zu sagen.

- „Ooch, abhängen am Strand. Schade nur, dass so viele Leute gehen."

- „Die Busse fahren irgendwann nach dem Frühstück. Also wenn ihr wollt, gebe ich euch meine Adresse und wir bleiben in Kontakt", sagte Felix artig, merkte aber, dass im Camp bleiben würde, was im Camp passiert war.

- „Üsch bin ooch auf Feesbuk", fügte Mark hinzu, als er ihm einen Zettel mit seinen Daten gab.

- „Wie fandest du denn die Woche, Felix?", fragte Michael.

Felix überlegte, ob er ehrlich antworten wollte, dass es in den letzten Tagen eine Konkurrenzsituation gegeben hatte, die ihm nicht gefallen hatte. Er entschloss sich dagegen und machte auf inspiriert:

- „Der Himmel, das Licht, der Flor! Was brütet das alte Werden zwischen den sterbenden Flügeln vor?".

Michael lachte kurz auf.

- „Alles klar. Mach et jut, alter Rabauke. Hau rein. Man sieht sich. Vielleicht nächstes Jahr bei Cool Tours? Ich will nochmal, entweder nochmal hierher oder an den Atlantik. Nimm dir das nächste Mal auch einen Bungi, die haben Terrasse und machen mehr her."

Forschungsfreie Zone 2

- *„Wir haben in der Region dreihundertfünfzig Projekte, die aus dem Haushalt des Ministeriums finanziert werden. Da wird doch wohl eines dabei sein, das Minister Recktenwald bei seinem Besuch sehen will", rief Felix ins Telefon.*

- *„Aber Ihre Projektlisten sind unübersichtlich und ich habe Ihnen ja schon gesagt, dass der Minister Projekte der internationalen Entwicklungsbanken sehen will", war die lakonische Antwort der Persönlichen. Die Persönliche, das war die persönliche Referentin des Ministers. Felix war auch Referent, aber kein persönlicher, sondern ein normaler. Ein unpersönlicher.*

- *„Er will sich jetzt den größten Staudamm der Welt ansehen."*

- *„Wie?"*

- *„Den größten Staudamm der Welt."*

- *„Hmm, aber der ist doch gar nicht in Südasien! Der ist in Paraguay und heißt Itaipú. Oder vielleicht ist es mittlerweile auch der Drei-Schluchten-Damm in China."*

- *„Nein."*

- *„Doch."*

- *„Er will den größten Staudamm der Welt in Südasien sehen, das ist mein Auftrag und den gebe ich an Sie weiter. Kümmern Sie sich!"*

Felix kümmerte sich. Es ging wahrscheinlich um einen Staudamm, der, als er in den 70er Jahren geplant wurde, einer der größten der Welt war. Die Menschen, mit denen der Minister über Südasien und Staudämme redete, mussten ja nicht unbedingt auf einem aktuellen Stand sein. Nach heutigen, internationalen Maßstäben war der Staudamm jedenfalls kein Superlativ mehr. Er war nur groß. Sein Bau war Ende der 80er Jahre mit der Vertreibung von Bauern einher gegangen. Eine alte, schlimme Sache. Es hatte damals gewisse Ausgleichszahlungen und Nachbesserungen gegeben, vermutlich aber nicht ausreichend. Es war kein deutsches Projekt gewesen, sondern eines der Weltbank, an der Deutschland mit fünf Prozent beteiligt war. Deutschland hatte, so gesehen, also nur fünf Prozent der Schuld. Der Besuch eines deutschen Ministers würde jedoch signalisieren, dass Deutschland sich zu hundert Prozent verantwortlich fühlte. Neue Hoffnungen würden geweckt und enttäuscht. Nach fünfundzwanzig Jahren wäre es nicht mal möglich, die Betroffenen noch klar zu identifizieren. All das waren aber nicht die Argumente, mit dem der Besuch abgewendet wurde. Das Argument, dass Felix' Chef vorbrachte war: Der Staudamm sei so abgelegen, dass eine Anreise in den zur Verfügung stehenden 36 Stunden nicht möglich sei.

Ungnädiges Grummeln der Persönlichen.

Am nächsten Morgen ihr nächster Anruf: Sie habe sich jetzt informiert, es gebe ein Natur- und Landwirtschaftsprojekt der Weltbank in X. Hierzu wolle sie morgen alle Unterlagen. Die Recherche erbrachte, dass es ein ziemlich nichtssagendes Vorhaben war. Es war gleichfalls nicht innerhalb der verfügbaren Zeit erreichbar.

- „Unsinn, da gibt es einen Flugplatz direkt dabei, da kann der Düsenjet des Ministers landen", behauptete die Persönliche am nächsten Tag.

- „Aha. Wo ist der Flugplatz denn?"

- „Also, der war in Google so verzeichnet!"

Felix sank in seinem Bürostuhl eine Etage tiefer, bis seine Stirn auf der Höhe der Schreibtischkante war.

- „Sie haben das - gegoogelt?"

Lieber hätte er geantwortet, dass Google als Grundlage für die Reiseplanung eines Ministers zwar aktueller, aber nicht unbedingt genauer war als Karl May Romane. Und dass man den Auftrag, welche Weltbank-Projekte besichtigt werden können, lieber nicht wie ein Fünftklässler durch Internet-Suchbefehle erledigt, sondern im Gespräch mit den Weltbankkollegen in Washington.

- "... ich frage mal nach", stöhnte er ins Telefon. Seine Gegenrecherche ergab, dass Google einen winzigen Hubschrauberlandeplatz gemeint haben konnte. Möglicherweise war ein Krankenhaus in der Nähe. Kein Düsenjet würde jemals dort landen.

Die Aufräumarbeiten im Zelt nahmen nicht viel Zeit in Anspruch. Felix kehrte den Sand aus der Schlafkoje und zog einige der Abspannseile nach. Gegen elf Uhr sollten die Busse fahren, eine Viertelstunde vorher stand Felix mit seinem Gepäck am Campingeingang. Der Bus, der dastand, war aber der nach München. Der nach Köln fahre eine Stunde später, hieß es.

- „Habt ihr gesehen? Die Polizei hat den Messermann von gestern Abend vorbeigebracht", sagte einer der Teamer.

- „Wieso das denn? Der Typ gehört doch in den Knast!"

- „Wahrscheinlich haben sie ihn jetzt ins Gefängnis nach Ajaccio gebracht. Vorher hat er hier bei Don Umberto noch einmal die Leviten gelesen und ein paar kräftige Ohrfeigen verpasst bekommen."

- „Was sind denn das für Sitten?"

- „Korsische. Umberto hat dem üblen Kerl vermittelt, dass das hier sein Campingplatz ist und dass es gegen seine, Umbertos Ehre, ist, wenn die Gäste sich hier nicht sicher fühlen können, weil einer wie er austickt. Dass das eine Respektlosigkeit ist und dass er sich nie wieder blicken lassen soll, weil Umberto das nächste Mal nicht mehr abwarten, sondern gleich schießen wird."

- „Auch eine Methode, Intensivtäter besser in den Griff zu kriegen!"

Der Bus nach München fuhr los. Hinter ihm kam Britta zum Vorschein, die auf Felix zuging.

- „Ich habe mich gerade von Valeria verabschiedet, die ist jetzt unterwegs nach München", sagte sie und schaute, gegen die Sonne zwinkernd, Felix an. „Hättest ihr ruhig auch tschüss sagen können."

Felix schaute zweifelnd, deswegen fuhr sie fort:

- „Sie hätte dir vielleicht sogar ihre Telefonnummer gegeben. Sie fand dich nämlich als einen der wenigen hier ok."

- „Wenn ich das gewusst hätte!", sagte Felix sarkastisch.

- „Sie fand dich süß."

- „Nun ist Valeria selber aber bitter, das passt also nicht!"

- „Sie ist tierisch hübsch. Und warum soll süß-bitter nicht passen?"

- „Sie hat einen schlechten Charakter."

- „Ihr wird ständig nachgestellt, wie wärest du denn drauf - mit all den Stalkern? Dann würdest du doch auch stachelig, oder?"

- „Zum Glück werde ich nicht gestalkt, sagte Felix, „und deswegen bin ich sowas von süß, weich und anschmiegsam! Valeria hat sich die Augenbrauen ausgerissen, hast du gesehen? Und sich dann Augenbrauen auf die Stirn gemalt."

- „Hab ich. Genauer gesagt hat sie sie weg-gelasert und neue drauf-tätowiert, lieber Felix! Das ist einer der angesagten Beauty-Lifestyle-Trends. Die sind doch toll, diese tätowierten Brauen!"

- „Was kommt als nächstes? Nase ab? Mund ab? Und dann Punkt, Punkt, Komma, Strich - fertig ist das Mondgesicht!? Das tut doch alles nur fürchterlich weh."

Britta schaute ihn ausdruckslos an.

- „Unser Bus hat noch mehr Verspätung, hieß es gerade."

- „Wieso unser Bus? Ich fahre nach Köln, du nach Mannheim."

- „Der tingelt den ganzen deutschen Westen ab, den Rhein entlang. Freiburg, Karlsruhe, Mannheim, Mainz und Köln.

- „Ein Bummelbus, na klasse, Su-per-Urlaub", sagte Felix und grinste. Britta schaute ihn ungerührt an.

Es war so heiß, dass man sich fragte, wie man in früheren Zeiten in Bussen ohne Klimaanlagen gefahren war. Die Luft auf dem sonnigen Parkplatz vibrierte. Genau hier hatte vor vierzehn Stunden das Duell zwischen Clement und dem Messermann stattgefunden. Teamer Sven saß mit seinem ins Gesicht gezogenen Cowboy-Lederhut tief in einem Stuhl vor dem Verwaltungsgebäude und döste. Zikaden zirpten. High noon. Die Gruppe, die mit dem Rhein-Bus fuhr, kauerte mit dem Gepäck im Schatten der Pinien und wartete. Felix besorgte sich noch zwei Flaschen Wasser, zwei Brötchen und ein Kaugummipäckchen für die Fahrt.

Als der Bus endlich kam, brach das übliche Chaos aus. Schlange beim Gepäckeinladen, viel Gerede, manche Verabschiedungen und Versuche, sich bestimmte Sitzplätze zu sichern. Als er in den Bus drängte, sah er Britta nicht. Sie hatten nicht vereinbart, nebeneinander zu sitzen, es war ihm blöd vorgekommen. Nicht nur, weil es entspannender war, neben jemandem zu sitzen mit dem man nicht reden musste, sondern auch, weil der Urlaub jetzt vorbei war. Es war besser, damit abzuschließen. Mit Britta reden bedeutete, die Urlaubserlebnisse irgendwie mitzunehmen nach Köln.

Der Nachmittag war fortgeschritten, als sie endlich auf der Fähre waren, wieder mit all ihrem Gepäck, weil am Hafen ein anderer Bus auf sie warten würde, den sie wieder beladen mussten. Wenig später stand Felix an der Reling und schaute aufs Meer. Menschen, die hier leben, lassen sich nicht einengen, dachte er. Und sie wissen, dass Ziele hinter dem Horizont und außer Sichtweite sind und dennoch erreicht werden können. Wenn man nur Kurs hält.

- „Alles ok bei dir?", meldete sich Brittas Stimme neben ihm.

- „Tiefe Stille herrscht im Wasser, ohne Regung ruht das Meer, und bekümmert sieht der Schiffer glatte Fläche ringsumher, " antwortete Felix.

- „Bist du bekümmert?"

- „Nein, der Schiffer ist bekümmert."

- „Ich kenne nur von den Fantas: „... und ihr seht mich als Punkt am Horizont verschwinden, um ein Stück weiter hinten mich selbst zu finden.", sagte sie.

- „Passt besser."

- „Weiß nicht. Ich fühle mich schon bekümmert."

- „Wieso, Schifferin?"

- „Weil ... wir uns so gut unterhalten haben in diesen Tagen. Jetzt sitzt du nicht mal neben mir, und ich weiß auch warum." Pause. „Weil wir ..., weil ich dachte, du interessierst dich für Valeria."

- „Stimmt doch gar nicht."

- „Ich dachte es halt ... und dann dachte ich, du hättest eine Freundin."

- „Nein! Wieso?"

- „Michael hatte so was in dieser Richtung angedeutet."

Felix schluckte.

- „Der ist ja dreist. Echt, das gibts doch nicht!"

- „Ja, dabei hat er eine. Wie er mir dann vorgestern gestanden hat."

- „Wollte ich nämlich gerade sagen!" Felix war wütend. Er nahm den Zettel, auf dem Michael seine Adresse hinterlassen hatte, aus seiner Gesäßtasche und schaute auf ihn. Dann knüllte er ihn zusammen und warf ihn mit voller Wucht ins Meer. Glatte Fläche ringsumher.

- „Ich bin sauer auf Michael und du bist es jetzt auch", sagte Britta und schaute wieder drein wie eine bekümmerte Schifferin.

Felix antwortete nicht. Er war auch sauer auf Britta. Michael war bei Valeria abgeblitzt und hatte Britta daraufhin unter Streuung von Falschinformationen angebaggert, soweit klar. Aber sie, Britta, hatte das geschehen lassen. Dann war Michael aufgeflogen, hatte sich entweder verplappert oder war doch einen Moment lang ehrlich gewesen und nun war sie sauer auf Michael. Na und, was ging ihn das an?

- „Ich gehe mir ein Bier holen", sagte er ziemlich unfreundlich und schritt davon.

Forschungsfreie Zone 3

-„Geh bitte nicht davon aus, dass der Minister viel weiß. Das kann er nicht, dafür hat er zu viel um die Ohren. Im Zweifelsfall liest er die Unterlagen auf der Fahrt zum Termin zum ersten Mal. Sei daher vor allem eines: höflich und hilfsbereit", hatte Felix' Vorgesetzter ihm eindringlich geraten. „Gestresste Menschen brauchen das." Nun saßen sie in einem Botschaftswagen und waren auf dem Weg zum Energieminister.

- „Ich weiß überhaupt nicht, warum wir in diesem Land im Bereich erneuerbare Energien etwas tun. Und dann auch noch Solardächer!", sagte Minister Recktenwald unwirsch. Felix sprudelte zurück:

- „Wir helfen beim Einstieg in die massive Nutzung der Solarenergie. Vorbild ist das 100.000 Solardächer-Programm der KfW in Deutschland. Aber hier ist natürlich vieles anders. Manches ist schwieriger, zum Beispiel sind die Energiepreise so niedrig, dass die meisten Hausbesitzer kaum Anreize haben, in ein Solardach zu investieren. Anderes ist leichter. Die Kosten für ein Solardach zum Beispiel sind heute lächerlich gering im Vergleich zu der Zeit, als das Programm in Deutschland anlief."

- „Ach was, das ganze Land hier ist voller Solardächer", grummelte Minister Recktenwald und machte eine ausladende Handbewegung über eine imaginäre Landschaft.

Felix starrte ihn jetzt überrascht an und hörte sich sagen

- „Das stimmt nicht! Wo denn? Nein, hier gibt es bislang kaum Solardächer!"

Eine Hand winkte ab, eine Stimme brummte. Das Gespräch war beendet.

Der Termin beim Energieminister würde Felix immer in Erinnerung bleiben. Sein erstes high-level meeting. Hohe Politik. Auf deutscher Seite war man zu elft, auf der anderen Seite etwas zahlreicher. Die Delegationsleiter saßen einander gegenüber, an ihren Plätzen standen kleine Fahnenhalter auf dem Tisch. Sein Minister hatte auf Dolmetschung verzichtet, was sich bereits nach den ersten Begrüßungssätzen als Fehler herausstellte, da sein Gegenüber ein zwar gutes, aber mit dem Dialekt der Region reichlich eingefärbtes Englisch sprach, zudem noch spritzig und schnell.

Zunächst wurden jedoch die Visitenkarten ausgetauscht. Dann die Begrüßungsgeschenke. Der Energieminister erhielt eine sehr schlanke, silbern schimmernde deutsche Solartaschenlampe, Felix' Minister ein gewebtes Textilstück aus einheimischer Produktion.

Was ihn wirklich mal interessieren würde, fragte der Energieminister und sah neugierig und wach hinüber zu seinen deutschen Besuchern: Why on earth, warum um alles in der Welt lasse Deutschland die Atomkraft auslaufen? Und nun auch noch, so wie es aussehe, den Kohlestrom? Beides seien doch die kostengünstigsten Energieträger überhaupt, auf die sein eigenes Land jedenfalls nicht verzichten könne und nicht verzichten werde. Dann entnahm er einem vor ihm liegenden Papier einige Zahlen und lobte den geplanten, massiven und stark überproportionalen Ausbau von Solar- und Windenergie in seinem Land und damit sich selbst. Atomstrom und Kohle seien trotzdem auch sehr wichtig. Das ergebe doch ein rundes Bild. Oder sehe sein Gegenüber das anders?

Die Blicke richteten sich nun auf Minister Recktenwald. Der wirkte ratlos und blätterte in seinen Akten. Er sei ja bereits das fünfte Mal hier, rechne er seine Besuche als Parlamentarier dazu, und er habe in der Tat das Gefühl, dass die Dinge hier voran gingen. So über die Jahre.

- „Bitte erklären Sie mir Deutschland. Frankreich baut weiter Atomkraftwerke an der Grenze zu Deutschland, hat man mir gesagt, und Tschechien auch", reizte ihn sein Gegenüber erneut.

Recktenwald blätterte weiter in den Unterlagen, als ob da eine Antwort auf diese unerwartbare Frage stehe. Felix suchte den Blickkontakt zu ihm und hatte seinen Zeigefinger leicht erhoben, um wahrgenommen zu werden. Zwei weitere deutsche Delegationsmitglieder versuchten das Gleiche. Minister Recktenwald hatte irgendwie bemerkt, dass er provoziert wurde, nahm aber keine Witterung auf, sondern sah sich orientierungslos um. Wie ein Boxer, der von unsichtbaren Faustschlägen traktiert wird.

- „Was bringt da die deutsche Strategie?", ließ der andere nicht locker.

- „Der Atomausstieg war eine Entscheidung des deutschen Parlaments", mischte sich der mitgereiste Abteilungsleiter jetzt gnädigerweise ein, weil der Minister beharrlich schwieg. Dabei zuckte er die Schultern und schaute himmelwärts. Wer versteht schon diese Parlamentarier?, sollte das wohl besagen.

- „Er war eine Entscheidung Ihrer Regierungschefin!", war die gut informierte Antwort der Gegenseite.

- „Die deutsche Atomreaktortechnik war jedenfalls immer die sicherste der Welt", ergänzte der Abteilungsleiter beharrlich. „Die allersicherste!"

- „Die deutsche Strategie ist nicht rational", fasste der Energieminister zusammen, „sie ist teuer und reduziert auch nicht ausreichend Treibhausgasemissionen. Das wundert mich, denn Deutschland sieht sich doch als Pionier im Kampf gegen den Klimawandel."

Minister Recktenwald hatte fortwährend unruhig in seinen Zetteln gestöbert. Es wirkte jetzt so, als habe er darin etwas gefunden, was ihn verärgere. Das konnte nicht sein, denn auf dem Zettel, den Felix gut kannte, stand eigentlich nur, dass die beiden Minister gleich den Vertragsunterzeichnungen der Entwicklungsbanken beiwohnen würden. Die Verträge gaben den Startschuss für ein großes neues Solarkraftwerk. Weiter hinten in dem großen Raum war hierfür ein Unterzeichnungstisch vorbereitet, auf dem gleichfalls Fahnen standen. Die Minister waren für diese Unterzeichnung nicht notwendig, hätten ihr aber Würde und Bedeutung verliehen. Der deutsche Minister stand nun mit einem Ruck auf.

- „I häff a meeting in the Ombassade now", behauptete er trotzig. Alle erhoben sich und man verabschiedete sich mit Händedruck und eingefrorenem Lächeln. Felix wandte sich an die Kollegen der Entwicklungsbank.

- „Unser Minister will los. Sie kommen klar mit den Unterzeichnungen?"

- „Wie - jetzt ohne Minister? Wir haben extra noch einen Fotografen bestellt", fragte einer enttäuscht.

- „Tut mir leid. Er will los. Und wir müssen mit."

- „Was ist passiert?"

- „Babylonische Sprachverwirrung", sagte Felix und schämte sich.

- „Smile, Doktor", sagte Teamer Sven auf dem Rastplatz kurz vor der deutschen Grenze zu Felix, hielt sich die Finger an die Mundwinkel und zog sie nach oben. „Bistu nicht zufrieden mit dem Urlaub? Oder hastu kein' Bock auf Zuhause?"

- "Weder noch. War gerne, wo ich herkomme. Bin gerne, wo ich hinfahre. Erwarte den Radwechsel aber mit Ungeduld."

- „Hä?"

- „Hab halt keinen Bock auf den Rastplatz hier", erwiderte Felix. Es war längst dunkel. Es war so dunkel, dass es nur heller werden konnte. Er hatte auf seinem Bussitz kein Auge zu bekommen. Weil er nicht fertig war. Er war mit nichts fertig. Kein Schlaf der Gerechten. Schlaflosigkeit eines Unfertigen.

Er stieg wieder ein, döste und wurde erst wacher, als der Bus nach Karlsruhe einfuhr, wo Leute den Bus verlassen sollten. Es wurde weniger dunkel. Er ging vor die Bustür und kaute an einem Plastikkuli herum. Neben dem Parkplatz stand ein großer Baum, an den er sich lehnte. Er blickte nach oben in den zweiten Stock des Busses, wo Britta saß. Ihr Kopf presste ein Kissen an die Scheibe. Sie sah friedlich aus mit geschlossenen Augen. Der Sitz neben ihr schien frei geworden zu sein.

- „Willste eine rauchen?", fragte ihn eine Stimme.

- „Danke. Hab hier schon eine Nichtraucherkippe", erwiderte er, zeigte auf den Kuli im Mund und kaute weiter. Die fünf Leute, die aussteigen sollten, waren schon weg mitsamt Gepäck, aber es schien dennoch nicht weiter zu gehen. Vielleicht waren welche auf der Toilette. Es wurde schneller heller. Auf einem der unteren Äste des Baumes erkannte er ein Vogelnest. Ein kleiner Vogel umschwirrte das Nest, schien landen zu wollen und stand in der Luft. Jedes Mal wenn er nahe war, zirpte es aus dem Nest und es schien so, als erscheine ein spitzer, langer Schnabel. Der anfliegende Vogel sackte dann jedes Mal nach unten, flatterte zurück und unternahm erneut einen Anlauf. Einen neuen Anflug. Wieder erschien der wehrhafte Schnabel. Wieder scheiterte der kleine Vogel. Verteidigte der Schnabel sein Nest gegen einen verirrten Eindringling, der ihm seinen Platz streitig machen wollte? Oder war alles anders? Ließ der Anflugling vielleicht Nahrung bei dem Nesthocker, der seinerseits keineswegs mit dem Schnabel drohte, sondern ihn bereitwillig aufsperrte? Es war zu dunkel, um das zu erkennen. Egal, dachte Felix. Der Kleine hat Recht. Es ist ihm wichtig, und daher versucht er es nochmal. Und einfach nochmal. Und nochmal.

Es gab jetzt Bewegung. Sven stand an der Bustür und nickte Felix zu. Felix nickte zurück und ging gesenkten Hauptes in den düsteren Bus hinein. Oben angekommen, setzte Felix sich nicht auf seinen Platz, sondern auf den freien neben Britta. Die schlief weiter, bewegte sich aber etwas, als sie spürte, dass der Sitz neben ihr wieder einen Passagier hatte. Er schaute sie einfach an. Eine ziemlich dunkle Silhouette, die im Morgenlicht rötlich anlief, während sie aus Karlsruhe hinausfuhren. Britta, du bist schon wieder eine Signalboje, dachte er.

Es war nicht mehr viel Zeit. Eine halbe Stunde später scherte der Bus auf die Ausfahrt Mannheim aus. Der Fernbusbahnhof war sicherlich in der Nähe des Zugbahnhofs, dachte Felix nach, und der war inmitten der Mannheimer Planstadt mit ihren Quadraten. Es nützte aber nichts, all das zu denken. Er musste etwas sagen.

- „Übrigens Britta", sagte er sehr ruhig und legte seine Hand auf ihren Unterarm. „Du bist gleich da." Sie wurde langsam wach, öffnete ihre Augen nur sehr kurz und schien nicht sonderlich überrascht, ihn neben sich zu haben.

- „Ach so", sagte sie leise.

- „Ich wollte sagen: Da ist einiges blöd gelaufen in den letzten Tagen."

- „Ach so", hauchte sie. Ihr Kopf legte sich auf die andere Seite. Dahin, wo seine Schulter war. Er war sehr leicht. Ihre Augen blieben geschlossen.

- „Dann sag es doch!"

- „Da ist einiges blöd gelaufen in den letzten Tagen." Pause. „Aber noch blöder habe ich mich verhalten. Ich war eifersüchtig und bin selber schuld", bekräftigte er. Seine Hand lag immer noch unentschlossen auf ihrem Unterarm. Er drehte seinen Nacken scharf nach rechts und drückte seine Nase und seine Lippen an ihr Ohr. Es roch gut. Sie hielt einen Moment inne. Jetzt würde sie ihre Augen öffnen. Stattdessen drückte sie sie fester zu, so dass sie lächelten und wandte sich ihm zu. Ein wenig. Ein ganz klein wenig. Er fand, dass er Britta jetzt küssen durfte. Er gab ihr einen Kuss auf die Lippen und sie flüsterte

- „Warum erst jetzt?"

Zeitfracht Medien GmbH
Ferdinand-Jühlke-Straße 7
99095 Erfurt, Deutschland
produktsicherheit@kolibri360.de